クランクイン

「ひさしぶりだから。千波の…、全部を見せてくれよ」
　かすれた声でささやかれ、さらにどうしようもなく熱が上がる。
　かまわず依光はその足を折り曲げると、足の付け根から内腿へと下を這わせた。わざと濡れた音を立てながら、キスをくり返す。

クランクイン

水王《みなみ》楓子《ふうこ》

ILLUSTRATION
水名瀬雅良《みなせまさら》

CONTENTS

クランクイン

ロケーション

それは砂漠の蜃気楼《しんきろう》のような光景だった。

とはいっても「月の砂漠」といったエキゾチックな風情《ふぜい》ではなく、固く乾いた大地に白っぽい灌木《かんぼく》がまばらに生えている……そんな景色。

その中に、忽然《こつぜん》と一つの街が浮かんでいる。

アリゾナとカリフォルニアの境あたりに作られた、かりそめの、人工の都市《まち》――。

小さなラスベガスのようなものだ。もっともここはギャンブルの都《みやこ》ではなく――架空《かくう》の、映画の中の街《セット》だったが。人口は百人ほどの。

ひと月ほど前にこの場所に到着して、初めてこの景色を見た時、瀬野千波《せのちなみ》はさすがに息を飲んだ。

スケールの大きさを実感する。日本的な換算《かんさん》をすれば、東京《とうきょう》ドーム十コ分とか、二十コ分とか。そんな感じになるのだろうか。

正直、今でもその全容は把握《はあく》できない。まだ行ったことのない場所もあるだろうし、おそらく一度も見ずに終わる施設もあるのだろう。移動はもちろん、車だ。

来た当初は、とにかく「広い」ということしか、千波には意識できなかった。

しかもその範囲は今現在も広がっており、もよりの――とはいっても、車で十五分はかかるだろう――ゴーストタウンとなった小さな町も丸ごと、撮影のために作り替えられているらしい。

今回の映画では、ＣＧ処理をするシーン以外スタジオでの撮影はほとんどなく、おおよそ三カ月という長いロケをここに作られたセットで行う。

近未来を舞台にした人気作『アップル《A》・ドールズ《D》』の続編で、千波は主人公をサポートする立場の準主役の扱いで今回から抜擢《ばってき》された。

アクション・スリラー、というのだろうか。なかなかハードな動きも要求され、今もインストラクターについてトレーニングを続けている。

渡米して、そろそろ二年近く。

頼る人間もいない、言葉も不自由な場所に一人、立ちつくして。

会話が通じなくて何度も聞き返されたり、うるさそうに門前払いを食らわされたりしながら、それでも、哀れみや好奇の色がその目にないだけ、気は楽だった。

できることから、一つずつ始めて。演劇学校に通いながら、大学の公開講座《エクステンション》で英語や演劇関係の単位《クレジット》をとり、なんとか労働許可証を手に入れると、とりあえずエキストラの斡旋《あっせん》会社に登録した。

ドラマやCMのエキストラを何本かこなし、スクリーン《S》・アクターズ《A》・ギルド《G》――役者の組合《ユニオン》だ――のメンバー資格を手にして、来る日も来る日もオーディションを受けて。学生の制作する8ミリビデオに出たり、B級アクション映画に出たり。何日も拘束《こうそく》されたあげく二千ドル――二十五万円くらいだろうか――程度のギャラしか出なかったこともある。

日本にいた時は、ドラマ一時間でのギャラは数百万だった。その違いを考えると情けなく思わないわけではなかったが…、それでも冷静に、今の自分の姿を見つめて。

なんとなく流れるままに進んできた役者としての自分を見つめ直す、それでもいい機会だった。

転機になったのは、ちょうど一年目くらいの時に出演した、あるインディーズ系の映画だった。

若手の女流監督の作品で、しかし個人的なツテがあったのか、監督の熱意が通じたのか、インディーズとしてはかなり豪華な役者が顔をそろえていた。

『メゾン・ナイン』――という、年齢も境遇も異なる五人の男女の人生が、ある時間、ある場所で一瞬、交錯《こうさく》していく。人間の憧《あこが》れと欲望、孤独感とはかなさ、そしてすれ違う愛と友情を描いた作品だ。

千波が演じたのはその中の一人で、かつて受けていた公開講座の、「監督と役者のためのシーン・スタディ・ワーク・ショップ」というクラスでパフォーマンスを発表した時に同じチームだった男が、ひさしぶりに連絡をくれたことがきっかけだった。

映画監督を目指していた彼は、その映画でプロダクション・アシスタント《PA》――見習いとして監督のサポートをする仕事だ――をしていたようで、監督が二十代なかばくらいの青年を演じられる日本人を捜している、ということで声をかけてくれたのだ。

オーディションを受け、カメラテストをして、正式に採用が決まった時は、やはりうれしかった。渡米してから、初めて手にした大きな役だった。

メジャー・スタジオの制作でもなく、本国――アメリカではさして話題性もなかったが、カンヌ映画祭のコンペティション部門に出品され、監督賞を獲《と》ったことで一気に評価は上がっていた。

そして、一般公開前のカンヌでそれを観たクレメン・ハワードという大御所《おおごしょ》の監督が、次回作のオーディションに千波を呼んでくれたのである。

一般公募ではなく、数人の、初めから最終選考のような形のオーディションだった。誰もが監督の頭の中にあるイメージに合うところがあって、選ばれた役者たちだ。

人気監督の人気作の続編――つまり、この役を得ることはそのまま、一気にハリウッドでスターダムへ駆け上がることを意味している。

誰もが必死だった。すでに名の知られた映画俳優や、テレビドラマなどである程度の実績、人気のある役者もいた。誰もがギラギラとした眼差しで、カメラテストの控え室で顔を合わせた時などは、その殺気立った空気に鳥肌が立つくらいだった。

その中で千波が役を勝ちとったのは――あるいは、そんな貪欲《どんよく》さとは無縁なところにいたせいなのかもしれない。

役への執念《しゅうねん》はあった。が、このオーディションに対しては自然体でのぞんでいた。

気負いすぎず、ただ今ある自分を見せること。凜《りん》として潔《いさぎよ》い、そんなところが、今度の役柄には合っていたのかもしれない。

つい先日、『メゾン・ナイン』がアメリカでも一般公開になった。作品的な評価は高く、俳優陣の中では特に千波の演技が注目されていた。アメリカではそれまで無名だった千波だが、今期の映画界の賞レースでのダークホースと目され、知名度も徐々に上がりつつある。

それはギャラや契約《けいやく》条件にも跳《は》ね返るはずだが、『ADⅡ』に関してはすでに契約はすんでいたので、いい買い物だったね、と監督は笑っていた。

が、ギャラに関係なく、千波にとってはやはり、いろんな意味でプレッシャーのかかる仕事になる。

この映画の契約時に、千波はプロモーションに関して条件をつけた。メインの俳優たちの中ではもっともこだわりのない、待遇《たいぐう》やギャラに関してもとりたてて特別な要求をしなかった千波の、ほとんど唯一《ゆいいつ》、つけた条件だ。

プロモーションについてはできる限り協力をする。が、最終的には本人に自由な選択権がある。

……つまり、どうしてもやりたくないものは避《さ》けることができる、という。

主演のユージン・キャラハンは日本でも人気のある俳優だったし、一作目は全世界で公開され、日本でも大ヒットを飛ばしていた。二作目ももちろん、公開予定だろう。

日本でもプレミア試写会や大がかりな公開イベントが行われるだろうし、そうなると当然、出演している日本人の俳優として、千波には日本でのプロモーションの要請《ようせい》があるはずだった。

およそ二年――。

裁判のあと、日本を出てから千波は一度も帰っていない。

暴行、拉致《らち》、監禁《かんきん》――。

それまで自分がそんなものの被害者になることなど、考えたこともなかったのに。

法廷《ほうてい》で、そしてメディアを通じて、無数の目にさらされる恐怖。叫び出したくなるほどの息苦しさと痛み。憤《いきどお》り。

誰もが好奇《こうき》と悪意の眼差しを自分に向けているようで……、外へ出ることも、しゃべることも、呼吸をすることさえ恐くなって。つらくて。苦しくて。

あたりまえに手にしていた日常の壊れる瞬間を――その底なしの恐怖を味わった。

そして裁判が終わったからといって、すべてが終わったわけではない。一度壊れたものは、二度と、もとにもどることはないのだから。

逃げてきた――のだろう。誰も自分のことを知らないこの場所へ。

それでも俳優を続けたのは、意地だったのか、未練なのか。

自分の中に、他に何も見つけられなかった。一から――いや、ゼロから始めること以外に。

人格を否定され、キャリアを踏《ふ》みにじられて……それでもやっぱり残ったのが「役者である」ということだったのかもしれない。本当の自分には経験しようもない、いくつもの人生を歩める楽しさを知っていたから。自分とは違う、別の人間になることができるから。

人の視線にさらされる恐さは確かにあったが…、それでも見せるのは「自分」ではなく「役」だった。自分の素顔ではない。――そう意識して。

移り変わりが激しく、日々新しい、膨大《ぼうだい》なニュースを追いかけるメディアの中で、裁判以降、日本で千波の名前が出ることはほとんどなかったはずだ。

だがカンヌでは、出品作への出演を聞きつけたらしい日本のテレビ局からいくつか取材の申し込みがあり、……受けてはいなかったが、もしかすると映像は流れたのかもしれない。華やかな女優陣ほどの注目度ではないだろうが、いわゆるレッドカーペットの映像あたりは。

二年前の裁判で、相手の男――谷脇《たにわき》の有罪判決は出ていたから、事件のことで千波が責められることは何もない。

それでも、視聴者にはまた思い出させたのだろう…、と思う。

事件のスキャンダラスな概要《がいよう》だけでなく、……あの衝撃的な映像を。

ハードディスクの中に埋もれていた画像《ムービー》を引っ張り出して眺《なが》めた人間も、間違いなく、いるはずだった。

それを考えるだけで、ゾッ…とする。吐き気がするほど。

監督賞を獲った『メゾン・ナイン』は、ある種芸術的な傾向の強い作品で、話題になり評価は高くても、興行的に大ヒットする種類のものではない。

だが今度の映画、『ADⅡ』は違った。

世界的な大ヒットが期待され、ヒットさせなければならない。そのために、製作にしても宣伝にしても、気の遠くなるような金がつぎこまれるのだ。

もし大コケすれば、制作会社がつぶれかねない。まあ、リスク回避はしているだろうから、一社ですべてを負うようなことはないだろうが、それでも関連会社のいくつかは危ないだろう。

そうでなくとも、続編というのは見る目も厳《きび》しい。

つまり、日本――だけではないが――のメディアの千波に対する注目も、前作の比ではないはずだった。

もちろん、わかっていて受けた仕事だったし、自分にとってこれがどれだけ大きなチャンスかは理解していたが。

正直なところ、日本で復帰するということは、今の千波の頭にはなかった。

――ただ……。

撮影は当然のごとく遅れ気味ではあったが、まだ殺気立つほどでもなく、この日の夕方、千波は自分の撮影を終えてのんびりとコーヒーを飲んでいた。

夜の遊び場どころか、ちょっとした買い物や、軽く飲みに行くことすらできない、本当になんにもない砂漠のど真ん中だ。

セスナやマイクロバスが日に一、二回、近くの都市を往復していて、役者やスタッフは必要な買い物をしたり、羽根を伸ばしたりしていた。

しかし千波は、出番がない日や調整でまとまったオフができた時でもほとんどロケ地から出て行くことはなく、よくこもってられるねぇ…、とスタッフにはあきれられていた。

実際、必要なかったのだ。

ロケ地でなくとも、ふだんから仕事以外で街を出歩くことはほとんどない。服とか食料とか、生活必需品をまとめ買いする時くらいで、毎日、きちんとケータリングのある現場では、食事の心配もなかった。

代わりにインストラクターについてアクションの型を習ったり、やはり母国語とは違うので台本《スクリプト》を読みこんで細かいニュアンスを俳優仲間や監督に尋《たず》ねたりして過ごしている。前作は日本人の役だったので、英語のアクセントやイントネーションにさして神経質にならずにすんだが、今回はそうもいかない。

パパラッチに追いかけられるほどの人気者ではないが、やはりマスコミの目を気にする必要のないこんな場所は、千波にはむしろ、落ち着いていられた。

広大な地平線にゆっくりと沈んでいく夕陽も、毎日のこととはいえ、やはり見入ってしまう。

コーヒーを片手に配られた翌日のスケジュール表《コールシート》をチェックしていると、バルルルル…、と轟《ごう》音《おん》が近づいてくるのに気づいた。

どうやら陽が沈む前に、飛行機がもどってきたようだ。

音のする方をふり仰ぐと、遠くの黒い点があっという間に大きくなってくるのがわかり、その後ろからは細いしっぽのような飛行機雲がたなびいている。

わずかに目をすがめてみると、俳優やスタッフたちが足に使うセスナではなく、自家用ジェットだった。

主演俳優のジーン――ユージン・キャラハンだ。

今日は一日撮影のなかった彼は、そういえば街へ遊びに行くと言っていた。千波も誘ってもらったのだが、ワンシーン残していたし、……やはり出無精《でぶしょう》なのだろう。さほど行きたい気分でもなく、断っていた。

いつもそんな感じで、少し申し訳なく思う。しかしそんな千波に、ジーンは毎回、何かしら小さなお土産《みやげ》を持ってきてくれる。

千波が日本にいた頃に当たり役に出合い、人気の出始めた俳優だったが、今では押しも押されもしないハリウッドのトップスターの一人だ。主演作一本でギャラは二十億円を下らないだろう。今度の映画では、全世界での興行収入の何パーセントかを受けとるという、歩合報酬《ぶあいほうしゅう》の契約も結んでいたはずだ。

だが本人はいたって気さくで陽気な男で、現場でもいつもまわりのスタッフを笑わせている。

そんな世界的な人気俳優との共演、そうでなくともこれほど大がかりな映画は初めてで、さすがに撮影の始まった当初は、千波も緊張して浮き足立っていた。

まともに発声もできないくらいで、何度もリテイクを食らったが、それでもユージンはいらだつことはなく、ジョークでリラックスさせてくれた。

敵役《かたき》もベテランの大物俳優で、そんな役者たちと同じフレームの中に自分が収まっているということが信じられなかったが、……それでも、どこか懐かしい感覚がよみがえっていた。

日本で撮った、木佐《きさ》監督の『トータル・ゼロ』。

あの時も必死だったな…、と、ふと思い出して。

そう思うと、気ぜわしい現場の空気に、次第に気持ちは落ち着いていった。

同じ土俵《どひょう》に上がっているのだ。対等に向き合わなければならない。そうでなければ…、作品は成り立たない。

小型ジェットはやがて少し離れたところに作られた簡易の滑走路《かっそうろ》に降り、迎えに行ったジープがもどってくる。遠目で逆光だったが、運転手の他に二つの影が見えた。

この「映画村」にゲートなどはなかったが、私用の車があまり中に入ると邪魔になるので、駐車する場所はだいたい決まっている。

巨大なコンテナや、連なったトレーラー、クレーンなんかの陰に入ってそのあたりは見えなかったが、ほどなく陽気な挨拶《あいさつ》が交わされる声が遠く聞こえてくる。ジーンのいるところは、いつもにぎやかだ。

メイク係のいるトレーラーのあたりだろうか、わっ、と湧《わ》き立つように女の子たちの歓声が上がったのは、ジーンがチョコレートか何かをお土産に配ったのだろう。

自分のトレーラーハウスのひさしから伸ばしたテントの下でその声を聞いて、千波はテーブルにおいてあった台本の上にコールシートを投げた。

砂漠では一日のうちにくるくると季節が変わる。まだ秋とはいえ、陽が落ちると一気に肌寒くなる。ジーンに声をかけたら中に入ろう、と思いながら、イスの背にかけてあった軽めのジャケットを羽織った。

やがて、大柄な男のシルエットがひょっこりと千波の前に現れる。

「ち・な・みーぃ！」

独特のイントネーションで呼びかけてくるのに、千波は軽く手を挙げて応えた。

確か今年三十七歳で、深いブラウンの髪に青い瞳。クールで野性的な風貌《ふうぼう》だった。

経歴も少し変わっていて、海兵隊の出身だという。そのせいか、演技力だけでなく、そのアクションにも定評があった。スーツ姿などは都会の中にまぎれこんだトラのような、独特の、危険な雰囲気をにじませる。

そのあたりが、女性にも、そして同性にも熱狂的なファンを持つゆえんなのだろう。

大勢の中ではいつも明るく陽気で、しかし差し向かいで話す時などはしっかりとした、おとなの落ち着きを見せて、相手に安心感を与えてくれる。

千波の質問や相談にも、気さくに乗ってくれていた。

自分の立場、実力をしっかりと見きわめ、地に足をつけて立っている。

そして、揺るぎのない自信――。

……どこか、日本にいる男を思い出させて、千波は安心感を覚えると同時に、少し、胸が疼《うず》くような気持ちになる。

彼――片山依光《かたやまよりみつ》とは、この二年近く、一度も会っていなかった。

千波の恋人で……いつでも千波の「正義の味方」である男。

連絡を絶っていた、ということではない。週に二、三回は必ず、電話で声は聞いていたから。

ただ、自分からはかけられなかった。

いいのか…、と。迷惑じゃないのか…、と、どうしても考えてしまう。

依光の誕生日にだけ、やっぱり自分から「おめでとう」とかけてはいたけど。

電話代も相当かかっているだろうに、依光はこちらの時間に合わせていつも電話をくれる。

おたがいの近況を話したり、共通の友達の話題だったり、グチを言ったり。それぞれに観た映画の話をしたり。たわいもない内容だ。

アメリカに来た当初は、やはり言葉のよく通じない状況で、相談する相手もおらず、心細さとさびしさで弱音を吐くようなこともあったが、依光の声を聞くと落ち着くことができた。

つながっている――、と、そう思うだけで。

依光の存在があるだけで、前に向かっていけた。

ずっと、千波を支えてくれた男だった。……あの事件の前と同じように。

何も言わず、ただ見守るようにして。

それでもずっと声だけだったのは、……まだダメだ、と思ったからだ。

依光がアメリカに来ることは可能だったのだろう。来てほしい、と頼むこともできたし、実際に何度か、依光は尋ねてきた。

『行ってもいいか？』

と。

会いたかった。

会って、自分の手で触れたかった。自分の身体で、両腕いっぱいにその存在を確かめて…、強く抱きしめてほしくて。

あの腕の力と、熱を感じたくて。

それでも、千波はうなずかなかった。

まだ、乗り越えられてはいない。

今でも思い出したようにあの時の…、何人もの男に押さえこまれ、身体にねじこまれた瞬間を夢に見て、全身から嫌な汗を噴き出しながら、真夜中に飛び起きることがある。

まざまざと肌に感じて、叫び出したくなる。あの時の男たちの息づかい。痛みと息苦しさ。

腕を、身体をつかまれ、頭を押さえこまれて、抵抗もできずに、ただ叫び、あえぐ自分の姿がまぶたに浮かぶ。

忘れることは……不可能だった。どれだけ年月がたったとしても。そしてそんな自分の姿を見せることは、依光にとっても苦痛だろうと思うから。

重荷になるだけだった。

今までも――そして今でさえ、どれだけのものをあの男に負わせているのか……。

依光の責任ではないのに。

何一つ……依光には関係のないことだったのに。

ちょっとぼんやりとしていた千波の前に、ひょい、と顔をのぞきこむようにして、逆光の中から馴《な》染《じ》んだ男が現れる。

野球帽《キャップ》にダテ眼鏡《めがね》をかけたラフな格好だったが、相変わらずの二枚目だ。

「おいおい…、あんまり勉強熱心になるなよ。俺が遊び人に見える」

ちらりとテーブルの台本を見て、ジーンが肩をすくめた。

「遊び人だろう？　いいかげんガールフレンドも一人にしぼらないと。追いかけてるパパラッチが苦労するよ」

くすくすと笑って、千波は切り返す。

まだ独身で、顔もよく、金も名声も手にしている人気俳優は、結婚願望のある若手の女優にも、シンデレラストーリーを夢見るスタッフにも、そしてパパラッチにも、いいターゲットだ。

女優やモデルやセレブの令嬢や…、常にまわりには数人の女性がとり巻いていて、噂《うわさ》にはこと欠かない。

だがその分、本命は見えていなかった。全員が納得ずくの遊びとも思える。

ジーンは気ままな独身主義者なんじゃないかと千波は思っているのだが。少なくとも今のところは。

「リラックスできたのか？」

さすがにこんな砂漠のロケ地では馴染みの彼女もついてきておらず、今日は誰を連れて行ったのだろう、と思いながら尋ねる。

「ああ…、プールで泳いできたよ。……それより、今日はビッグでサプライズなお土産を持ってきたんだぜ」

軽くウインクして言われ、千波はわずかに眉《まゆ》をよせた。

「何？　……あ、でもこの間みたいなのは困るよ？」

つい先日は巨大なアドバルーンのようなクマの風船をもらい、仕方なくトレーラーハウスの屋根にくっつけていたのだが、セットの間からそれがカメラに映りこんでしまい、大目玉を食らったのだ。

別にそれを狙ったわけではないのだろうが、ジーンはひゃっひゃっひゃっ…、と、腹を抱えて笑っていた。

「うーん。もっと実用的だと思うけどな」

顎《あご》を撫《な》でてそう言いながら、ジーンが軽く首をふるようにして背後をふり返る。

その視線の先を追うように、千波も何気なくジーンの後ろに目をやった。

恐れていたように、何か巨大なプレゼントボックスなどがおかれているわけではなくて、ちょっとホッとする。

ハリウッド・セレブのサプライズは、本当にこっちの頭では考えつかないようなレベルでのサプライズなので、ドキドキする。

が、その代わり、ジーンと同じくらい大柄な男のシルエットがゆっくりと近づいていた。

夕陽で顔がよく見えず、千波はわずかに目をすがめる。

小さなボストンバッグを肩に担《かつ》ぐようにして歩いてきたのは――。

「え……?」

ドクッ…、と心臓の打つ音が、耳の中に反響する。

信じられない――こんなところにあるはずのない、男の顔……。

「千波」

その、声。

直《じか》に聞いたのは、もう二年近くも前だ。

一瞬にして、全身に鳥肌が立つような気がした。

「悪い。我慢できなくなった」

じっと千波の顔を見て、にやりと笑ったのは――依光、だった。

依光が……目の前に立っていた。

記憶の中にあるままの姿で。

少し…、瘦《や》せたかもしれない。シャープな印象で、相変わらずだらしのない無精《ぶしょう》ヒゲで。

千波を見つめる優しい、温かい眼差し。

無意識に立ち上がり、千波はあえぐように唇を動かしたが、声にならない。

「あれ…？　ひょっとして、連れてきちゃまずかったか…？」

千波の凍りついたままの表情のせいか、うかがうようにジーンに聞かれたが、それも半分、耳に届いてはいなかった。

「より……みつ……？」

ようやくかすれた声がこぼれ落ちる。

知らず伸びていた手を、ハッと胸元にもどして固く握りしめた。

それこそ砂漠の蜃気楼のようで…、触れたら消えてしまいそうな気がして。

「迷惑だったか？」

ゆっくりと近づいてきた依光が、少し困ったような顔で頬《ほお》をかく。ためらうようにそっと伸びてきた手のひらが、壊れものに触れるように優しく千波の頬を撫でる。

「あ……」

ざわっ、と全身に電流が走ったようだった。体中を、ものすごい勢いで何か熱いものが駆《か》けめぐっていく。

「依光……！」

次の瞬間、千波は溺《おぼ》れるように男の肩にしがみついていた。

うおっ、と小さく声を上げ、依光の手からカバンがすべり落ちる。

それでもしっかりと、その腕は千波の身体を支えていた。空いたもう片方の腕が背中からきつく、千波を抱きしめる。

「千波……」

かすれた、少し切迫した声で、依光が名前を呼んだ。

「千波」

何度も呼びながら、その指先が髪の中に分け入って頭をつかむ。

言葉が出なかった。

ただ夢中で、爪を食いこませるようにして男の肩に、背中に、抱きつく。消えてしまわないように。

首筋に頬をすりよせ、その肌の温もりと匂いを感じる。

本当に……夢ではなく、ここにいるのだと。

「千波」

こめかみのあたりに押しつけるようにキスをして、なだめるように背中を撫で、ようやくそっと、依光が腕の力を抜いた。

深呼吸するように息を吸いこみ、千波はおそるおそる顔を上げた。

吐息《といき》が触れるほどすぐそばから、依光の目が瞬《まばた》きもせずに見下ろしている。確かめるように、固い指先が千波の唇を優しく撫でた。

キス——を想像させて、ちょっと頬が熱くなる。

人前だから…、これで我慢しとく、と言われたみたいで。

ようやく千波も、今自分のいる場所を思い出す。

目の前をいそがしそうにスタッフが行き来しているが、誰が誰かも判別しにくい黄昏時《たそがれどき》で、……遠方から友人が訪ねてきたのなら抱き合って再会を喜ぶくらい、この国ではごく普通のことだ。人目を引くほどではない。

が、やはりジーンだけは腕を組んで、興味深げに二人を眺めていた。

「ど…どうして……?」

ようやく、千波はかすれた声で尋ねる。

依光にか、ジーンにか……自分でも意識していなかったが、日本語だったので依光にしかわからなかっただろう。

なぜここにいるのか。なぜジーンと一緒だったのか。

いろんな疑問がいっせいにぐるぐるとまわり始める。

と、依光が片腕は千波の背中を抱きしめたまま、ジーンをふり返った。

「サンキュー！　あそこであなたに会えてよかった」

大きな笑顔で、快活《かいかつ》に笑って礼を言う。ブロークンな英語だ。

「俺もだよ」

にやっ、といくぶん意味ありげに笑い、あとでな、と千波にも告げて、ジーンが去っていった。

「ジーンに……、乗せてきてもらったのか?」

ようやく、そのことを察《さっ》する。

「ああ。飛行機で来られる一番近くまで来てみたんだけどさ。そっから先、どうやってここまで来たらいいのかわかんなくて。レンタカーするしかないか、って思ってたら、偶然、街で彼の顔を見かけてさ……。逃がすかって勢いでとっつかまえて声をかけてた。……千波のところに連れて行ってくれ、って」

相変わらずおおざっぱというか、恐いもの知らずというか。剛胆《ごうたん》で……依光らしくて。

千波は思わず笑ってしまう。

笑いながらも……なぜか、まぶたが焼けるように熱くなる。

信じられなかった。こうして普通に話していても。触れていても。

「勝手に来て…、よかったか？ 邪魔じゃない？」

いくぶんあらたまって、心配そうに聞かれて、千波は何度も首をふる。

「大丈夫……」

もっと他にも……たくさん言いたいことはあるはずなのに、そんな言葉にしかならない。

「ごめん…、混乱してる」

自分でも何を言っているのかわからず、千波は両手で顔を覆《おお》った。

本当に……何がどうなっているのか理解できないくらい。

テレビでよくあるドッキリ企画のようで、……でも目の前にいる男は現実で。

「おどかしてごめんな」

小さく、殊勝《しゅしょう》に依光があやまる。

「……おどかそうと思ってたくせに」

それになじるように、千波は返した。

そうでなければ、三日前に電話で話した時に伝えてくれていたはずだ。

「まぁ…、な」

それに少し照れたように依光が片頬で笑う。

……いや、それとも、言えば千波が拒否すると思ったのだろうか……？

胸が苦しくなる。会いたくないわけじゃなかったのだ。本当に。

――ただ、会ってしまったら……。

「ほら、ちょっと前にいきなり連絡がとれなくなったことがあっただろ？　どんなとこにいるのか、心配にもなったし」

ぽりぽりとまばらにヒゲの生えた顎をかきながら、言い訳みたいに依光が言う。

そう、ちょうどこのロケ地へ来た時だ。携帯さえあれば、どこへ行っても普通に連絡はできる、と何の疑問もなく思っていたのだが、……甘かった。

付近にアンテナがなく、携帯が通じない、とわかった時には、本当にあせった。千波からかけることはあまりなかったが、依光は定期的に電話をくれる。それがいきなりつながらなくなったら、やっぱり心配するだろうことはわかっていたから。

あわてて翌日のセスナに乗せてもらって、街の公衆電話から依光に電話を入れたのだ。仕事をしている時間だったのだろう、携帯は留守電に切り替わって、千波は砂漠の真ん中のロケ地に来ていることを吹きこんでおいた。しばらく携帯が通じないけど、大丈夫だ、と。

そして急いで衛星対応の携帯電話を契約して、改めて依光に番号を知らせていた。

なんとか連絡がついて、砂漠の巨大セットでのロケ、というと、依光はおもしろそうだなー、と、わくわくした声でいろいろと聞いていたから、そんな興味もあったのだろうか。

「……ここ、千波んち？」

と、依光に後ろのトレーラーハウスを指さされて、ああ、と千波はうなずいた。そしてようやく、思い出したように誘った。

「中……、入る？」

ぎこちなく口にして、なんだか自分でもおかしな問いだとわかる。

今さら、依光に他に行き場所はない。

そしてこの中しか、ないはずだった。二人きりに慣れる場所は。千波の唯一のテリトリーだ。

早く……二人だけになりたくて。でもなぜか、それが恐くて。

「ああ」

と、何気ないように依光がうなずいたが、その眼差しの奥には何かを抑えているような熱が見える。

きっと、おたがいに。

まわりこんで、ポーチデッキの方からドアを開けて千波が先に中へ入った。

入ってすぐはリビングになる。ゆったりとしたソファベッドに、テレビやＤＶＤ、オーディオも完備していた。一続きでダイニング。そしてキッチンに抜ける。

「うおお…、豪華だなー。なんか、俺の京都《きょうと》のアパートより広いぞ」

後ろからついてきた依光が、うなりながら興味深げに中を見まわしていた。

「メインの俳優陣の中では質素な方だけどな」

千波は小さく微笑《ほほえ》んだ。

ジーンなどはトレーラーハウスではなく、プレハブで家を建てさせている。確か2LDKか3LDKくらいの広さはあったはずだ。

「トレーラーってこんなに横幅、あったっけか？」

「ハウスタイプだから。壁がスライドして広がるようになってるみたいだな」

千波が入った時にはすでにセッティングされていたから、仕様はよくわからない。

「おっ。風呂がある」

途中のドアを開けて中をのぞきこんだ依光が声を上げる。

「あ…、それは俺がちょっと贅沢《ぜいたく》言った」

風呂はほしい、と契約の時に特記して入れてもらったのだ。シャワーブースではなく、ちゃんとしたバスタブだ。やっぱり日本人だな…、と自分でも苦笑してしまうが。

そしてその次——一番奥の部屋がベッドルームだった。

ダブルベッドなのは標準仕様だ。クローゼットもついている。

今日は掃除が入らなかったので、朝起きてそのままのシーツも乱れた状態で……こんなことは予想もしていなかったから、ちょっとドキッとしてしまう。

「広いな…」

後ろでつぶやいたのは、スペースのことか、……ベッドのことなのか。

一通り案内して、いくぶんとまどいながらそっとふり返った瞬間だった。

「あ…っ」

腕を引かれ、抱きしめられる。

強く…、しかし決して強引ではなく。

そのままそっと身体が壁際《かべぎわ》に囲いこまれるようにして押しつけられ、思わず上がった指がからめとられて。

吐息が頬に触れた。

じっと、目の奥を……心の奥までのぞきこまれる。

恥ずかしくて、千波は思わず顔をそらした。

その髪に、こめかみに、頬に……唇が触れてくる。順番に、確かめるみたいに。

千波の唇に触れる寸前、尋ねるように依光はいったん止めた。

それでもその熱が伝わってくるようで……苦しいくらいに切なくなる。

無意識に誘うように…、迎えるようにわずかに千波の顎が上がって。

「ん…っ」

次の瞬間、唇がふさがれた。

直に触れた熱が、唇から身体の中に流れこんでくる。隙間《すきま》から入りこんできた舌が、口の中をかきまわしていく。

おたがいにむさぼるように舌をからめ合って。

何度も何度も……息が続かなくなるまで夢中で求め合って。

頭の中が溶けていく。何も……考えられない。

両手で千波の顔を挟《はさ》みこむようにして、ようやく依光が唇を離し、それでも頬をすりよせ、唇で顎から耳元までたどっていく。

「……いいか？」

かすれた声で聞かれて。

身体の奥で、ざわっといっせいに細胞が震え始めていた。返事さえも口にできず、ただぎゅっと男の肩にしがみつく。

そのままもつれるようにして後ろのベッドへ倒れこんだ。

「依…光……っ」

重なるような体勢で上から見下ろしてくる顔に、無意識に指が伸びる。

男の頬に触れ、髪に触れる。手のひらにあたるざらりとした無精ヒゲの感触が、痛いようで、くすぐったいようで。

自分の手で確かめて…、自分の手で引きよせるようにして唇を重ねる。

「んん…っ……、ふ……」

飽きずに何度もキスをくり返しながら、依光の手がいくぶん強引に千波の喉元《のどもと》からシャツのボタンを外していった。

「あぁ……」

前がはだけられ、手のひらに素肌が撫でられて、かすかなあえぎが唇を割る。

ひさしぶりの感触だった。日本を離れてから……依光のもとを離れてからは初めてだったから。

ゾクゾクと身体の奥から忘れていた波が生まれ始める。依光の手に操《あやつ》られるように、それはゆっくりと大きなうねりになって、全身を侵していく。

「千波……」

かすれた声で名前を呼び、千波の髪を撫で上げると、依光がいったん上体を起こした。

使いこんだミリタリージャケットを脱いでベッドの下に放り投げ、Tシャツを無造作に脱ぎ捨てると、引き締まった身体が現れる。

一瞬、千波は息を飲み、頬が熱くなる。

それでも目が離せなかった。

覚えているままの、身体だった。いくつもある傷痕《きずあと》や痣《あざ》も。

息をつめたまま、濡《ぬ》れた目で見上げてしまう。心臓が痛いくらいに音を立てる。

目が合って…、ちょっと照れたように依光が小さく笑い、身をかがめてこめかみと唇に軽いキスを落とした。

「いい…?」

反射的に目をそらした千波の耳元に、今度は少し、いたずらっぽい声で尋ねてくる。

答えられないままにぎゅっと目を閉じた千波に喉の奥で笑いながら、依光の唇がそっと顎から首筋へとたどっていった。

シャツの前を開きながら、くっきりと出た鎖骨《さこつ》へとすべり落ちていく。唇でついばむように、舌先でなぞるようにして愛撫《あいぶ》される。

「あ……」

思わず顎をのけぞらせ、無意識に依光の髪へ伸びた指がからめとられて、そのままシーツへ縫《ぬ》いとめられた。

もう片方の手のひらで胸が撫でられ、指先でそっと小さな芽が押しつぶされる。

「あぁ…っ」

ひさしぶりに与えられたその刺激に、わずかにうわずった声が唇からこぼれ落ちた。

かまわず依光の指にそれを摘《つま》み上げられ、こすられて……あっという間に、芯《しん》を立ててしまうのがわかる。

身体の奥で生まれた疼きが、じわり、と面積を広げていく。

依光の唇がそれを含《ふく》み、舌先が固くとがったものをなめ上げた。

「ひ…っ、あぁぁ……っ！」

丹念《たんねん》に、味わうように舌が這《は》わされ、唾液《だえき》に濡れて敏感になった乳首が指先でもてあそばれて、痺《しび》れるような刺激にたまらず千波は身体をしならせる。

依光がきつくからめていた指を解き、その手がしなやかな腕をたどって脇腹を撫でる。

触れられた部分から甘く疼くようなさざ波が立ち、指先まで広がっていった。

へそのあたりからさらに下、ジーンズの縁《へり》のあたりを唇がついばみ……そして、ゆっくりと下が脱がされる。

下着まで一緒にはぎとられ、いくぶん窮屈《きゅうくつ》そうにしていたモノが明らかに形を変えて男の目の前にあらわにされた。

「あ……」

反射的に身をよじって隠そうとしたが、押さえこまれるようにして足がとられ、片方だけ、わずかに持ち上げられる。

「依光……っ」

恥ずかしい格好に顔が赤くなる。

「ひさしぶりだから。千波の…、全部を見せてくれよ」

かすれた声でささやかれ、さらにどうしようもなく熱が上がる。

かまわず依光はその足を折り曲げると、足の付け根から内腿《うちもも》へ舌を這わせた。わざと濡れた音を立てながら、キスをくり返す。

「あっ…、あぁ……っ」

ビクビクっ、と痙攣《けいれん》するように足が震える。自分の中心も……何かをねだるように浅ましく、一緒に揺れてしまうのがわかる。

無意識に隠そうと伸びた指が依光の手に阻《はば》まれ、その代わりすっぽりと口に含まれた。

「ふ…っ…、うっ…、あぁぁぁ……っ」

甘く襲《おそ》いかかってきたその刺激に、千波は思わず身体をのけぞらせる。

男の舌が中心にからみつき、巧《たく》みにこすり上げられる。こらえきれずにガクガクと腰が揺れ、両手で依光の髪につかみかかる。

なだめるように足を撫でながら、依光がいったん口を離した。

「あぁ……」

大きく息をつき、ホッ…と千波の身体が弛緩《しかん》する。しかしいやらしく唾液《だえき》に濡れて、千波の中心は硬くそり返していた。

依光の舌がその表面をたどるようにしてなめ上げていく。くすぐるようにくびれをなぞり、先端の小さな穴を舌先で弾《はじ》いて。軽く吸い上げられ、こらえきれずにとろり、とこぼれた蜜《みつ》が丁寧《ていねい》になめとられる。

じくじくと焦《じ》れるような刺激に、腰が揺れてしまう。茎《くき》を伝って流れ落ちる滴《しずく》を追いかけるように舌が動き、行き着いた根本の球がしゃぶり上げられた。

わずかに腰が持ち上げられ、そこからさらに奥へと舌がたどっていく。

「あ……」

その予感に、ぞくり、と背筋に痺れが走った。

細い道筋をたどった舌が、やがて一番奥の入り口へとたどり着く。日本を離れてから、誰も触れたことのない場所に。

「依光……っ」

思わずこぼれた声に、ふっと依光が顔を上げた。

目が合って……、大丈夫か？　と問うように、しかし言葉にはしなかった。

荒い息を継《つ》ぎながら、その目をじっと見つめて、千波はそっと微笑む。

大丈夫――。

そう伝えるみたいに。

依光なら大丈夫だから――。

男の大きな手のひらが千波の頬を撫で、髪をかき上げて、そっと額《ひたい》にキスが落とされる。

「自分で……してた？」

千波をリラックスさせるためなのだろう。

にやっと笑って、そんなことを聞かれて、カッ…と頬が熱くなる。

「バカ…っ」

小さくなじる。

していないはずはなかった。もう二年――だ。

電話して、声を聞いたあと。一人でいる時がさびしくなった時。

ふっ、と依光が吐息だけで笑う。

「俺も」

千波の答えになっていない答えから、それでもあっさりと察したのだろう。耳元に落とされた声に、さらに身体の奥から熱く高まってしまう。

依光の舌が、唇がその部分に触れ、ゆっくりと解きほぐしていく。ちろちろとやわらかな感触が触れるたび、全身に甘い痺れが走る。淫《みだ》らにうごめく襞《ひだ》の一つ一つがしっとりと濡らされ、優しく溶かされていく。

「は…っ…、ん……っ」

指先でわずかに押し開かれ、中へ舌先が入りこんで来てぴちゃり…とさらに奥をなめ上げられ、たまらず腰が跳ね上がる。

「あぁ…っ、あぁぁ……っ！ や……」

その腰がわずかに強い力で押さえこまれ、さらに執拗《しつよう》に愛撫された。

火がついたように耳まで赤くなり、両腕で顔を隠すようにして千波は首をふったが、されるままに下肢《かし》は男の舌の餌食《えじき》になる。

抵抗する力もなくしてから、ようやく依光は口を離した。そしてその溶けきった入り口へ、そっと指が押しあてられる。

確かめるように襞がかきまわされ、自分ではどうしようもなく、それは淫らに男の指にからみついていく。

かき分けるようにして、指が一本、中へ入ってきた。

「ふ…っ…」

ひさしぶりの感触に、千波の身体に一瞬、力がこもる。しかし痛みはなく、ゆっくりと抜き差しされる感触に次第に強張《こわば》りは解けていく。

甘く、優しく波が打ちよせるような感覚だった。

馴染んでから二本に増やされ、中をかきまわされて……その刺激だけで、千波の硬く屹立《きつりつ》した前からはポタポタと蜜が滴《したた》り落ちる。

依光のもう片方の手がその濡れそぼった千波の中心にからみつき、ゆっくりとしごき上げる。

「は…あ…っ、あぁっ、あぁ……っ」

無意識に腰が揺れ、爪がシーツを引きつかむ。

そんな自分の姿がじっと熱い眼差しに見つめられているのがわかったが、どうしようもなかった。

もう、何も考えられない。

自分でするのとは……自分の手の感触とは、まったく違っていた。手足の先まで、やわらかな快感に満たされていく。

「あっ…あぁぁ……っ……もう……っ！」

くびれがなぞられ、親指の腹で蜜をこぼす先端が丹念にもまれて、たまらず千波は口走った。

何かがギリギリまで来ている。

「出る……！」

「いいよ」

短く言うと、依光は手を離した。そして再び、口の中に千波のモノを含む。

「——んん……っ！」

強弱をつけて口でこすり上げられ、舌でなめ上げられて。そして先端をきつく吸われた瞬間、ドクッ…、と何かがほとばしったのがわかった。

一瞬、頭が真っ白になり、糸が切れたように身体がシーツへ沈む。荒い自分の息づかいと、疾走《しっそう》したあとのような心臓の音が耳の中に響いてくる。

そっとまぶたを持ち上げると、膝《ひざ》立ちになった依光が自分の唇を親指でぬぐっているのが目に入った。

千波と目が合って、にっと笑う。

「ひさしぶりに…、千波のすげぇカワイイ顔を見たな」

身をかがめてきた依光に、そんなふうにこそっと耳元で言われて、恥ずかしくて千波は反射的に目をそらした。

喉で笑いながら、依光が身体を起こす。

それからゆっくりと自分のベルトを外し、下も脱いだ。

金属のあたる音に、千波はそっと顔を上げる。

すでに形を変え始めている男のモノを目にして、思わず顔が赤らんだ。

「大丈夫か…?」

額からすき上げるように髪を撫でられ、優しく聞かれて。

千波は気だるい腕を持ち上げて、男の髪に手を伸ばし、引きよせるようにして唇を重ねる。返事の代わりに。

おたがいに腕をからめ合い、しっかりと抱き合って、シーツの上でもつれ合う。下肢に依光の熱があたり、身体を動かすたび、さらに硬くなるのがわかる。

「千波……」

全身が指で、舌で愛撫された。指の先から間。髪や身体の奥まで……あますところなく、すべてが。

男の手でこすられて、千波の前も再び頭をもたげ始める。

首筋に、顎に、唇にキスを落としながら、依光のモノが身体の奥に押しあてられる。

入り口に先端がもぐりこんできて、熱い塊《かたまり》がゆっくりと中へ入ってくる。

「――あぁ…っ……あっ……あぁぁぁ……っ！」

頭の芯まで焼きつくされる。すべてを投げ出して、痛みと快感と熱に溺れていく。

きつく抱きしめられたまま、激しく一番奥まで突き上げられる。

おたがいに一度では終わらなかった。

どのくらいたったのか…、トレーラーハウスに入った時はまだ残照がまぶしかったが、気がつくと
すでにとっぷりと陽は暮れて、まわりに灯りのない砂漠の中で、部屋は真っ暗だった。

おたがいの顔も、はっきりと見えない。

だが、それがよかったのかもしれない。羞恥《しゅうち》も闇の中に塗りこめられて。

どんな恥ずかしい格好も、声も、闇にまぎれてしまう気がして。

声と、吐息と。こすれ合う素肌だけで相手を感じて。

それだけに生々しく、男の存在がわかる。

遠くでほんのかすかな喧噪《けんそう》…、笑い声や音楽が聞こえているから、まだ真夜中を過ぎているという

ほどではないのだろう。

何度目なのか…、おたがいにわからないくらい求め合って。

男の背中に爪を立て、厚い肩に夢中でしがみついて。男の腰を両足で挟みこみ、淫らに腰をふり立てながら、千波は何度も達していた——。

◇　◇

目が覚めた時、あたりはまだ薄暗かった。

カーテン越しに白々と夜が明け始めているのがわかる。

温かな、幸せな余韻《よいん》を身体にまとわりつかせたまま、千波は無意識にシーツを肩まで引き上げ——ようやくハッ、と思い出す。

ベッドには千波ひとりだった。

反射的に身を起こし、あたりを見まわす。

一瞬、夢かと思った。昨日のことは。

会いたい気持ちが、そんな夢を見せたのか——、と。

「あ……」

どこまでが現実で、どこからが夢なのか——自分でも混乱する。

しかし身体に残る鈍《にぶ》い重さは明らかに……その証《しるし》だ。

ベッドの下に、脱がされた自分の服と一緒になって見覚えのあるジャケットが脱ぎ捨てられたまま残っている。男のシャツとズボンはなかったが。

ハァ…、と千波は大きく息をついた。前髪をかき上げ、そっとベッドを降りる。

バスルームへ入ると床には水滴が残り、少し前に使った痕跡《こんせき》があった。

鏡に映る自分の姿に、千波はちょっと頬が熱くなる。

体中…、赤い痕が刻まれていた。下肢のきわどい部分も、だが、問題は首筋や喉元と胸のあたりだろう。撮影は今日もある。

もちろんメイクに頼めば隠してはくれるだろうが、さすがに恥ずかしい。メイクの前にどうにかしなければ、と思いながら、千波はシャワーだけを浴びた。

何度も中に出されたと思ったが…、その痕はきれいにされていて、意識がなかっただけに、よけい恥ずかしさが募《つの》る。

バスローブを羽織り、そのままキッチンへ移動すると、ミネラルウォーターをグラスに移す。

それを飲みながらリビングの方をふり向くと、ソファの上に小さなボストンバッグが一つ。日本にいた時から、依光が地方に行く際にも使っていたものだ。

そしてその先、ガラス扉の外に人影が見えた。

グラスをカウンターにおいて、千波も外へ出る。

依光がポーチデッキの柵《さく》にもたれかかるようにして、ゆっくりと昇《のぼ》る朝陽を眺めていた。

気配に気づいて、ふっとふり返り、おはよ、と笑いかけてくる。

その笑顔が、胸に沁《し》みる。

まるでもう何日もここにいたように、馴染んだ空気だった。この広大な砂漠をバックに立っていても違和感がない。

きっと、どこにいても依光は依光なのだろう。

「早いんだな…」

その横で柵の手すりにもたれながら、千波が言った。

眠りに落ちてから、まだほんの数時間しかたっていないはずだ。そうでなくとも、依光は長旅のあとのはずなのに。

アメリカまでの飛行時間もだが、……どのルートで来たのだろう。ロサンゼルスに着いたとしたら、そこからここまでも相当に長い距離と乗り継ぎが必要だったはずだ。丸一日以上はかかっているだろう。

タフだな…、と感心したような、あきれたような思いで……しかし、それも依光らしい。

ふっと胸の奥が温かくなる。

それだけの時間をかけて、会いに来てくれたのだ。

「目が冴えてさ。ひさしぶりに……、千波の顔が見られたせいかな」

「……ひょっとして、寝顔見てたのか?」

「うーん…。ちょっとだけな」

わずかに眉をよせて尋ねると、依光がとぼけたように横を向いた。

千波は軽く男の脇腹のあたりを拳《こぶし》で殴《なぐ》る。

依光が喉で笑った。

「なんかすごいシアワセだろ。恋人の寝顔、見られるのって」

ささやかな…、しかしそばにいるからこそ得られる幸せ——。

そう思ってくれているのだとしたら、そのことの方が千波にはうれしい。

「きれいだな」

地平線から顔を出す太陽を見つめて、依光がつぶやく。

「ああ」

大陸の広さを実感する。朝も夕方も。

この雄大な風景を見ていると、いろんな痛みや迷いが吹き飛ばされていく気がする。

……それでもまだ、いろんなものを引きずっているのだろうけど。

「おまえ、風邪《かぜ》ひくぞ？」

と、ちょっと顔をしかめて依光が千波を眺めた。

「また温めてほしいってことなら、俺もがんばるけど？」

にやっと笑って言われて、千波は小さくにらむ。

「今日の撮影を休ませる気か？」

もうさんざんやって……ただでさえ、あんなにいっぱい痕をつけたくせに。

「今、オフなのか？　どのくらい……いられるんだ？」

ちょっとためらいがちに千波は尋ねた。

「休みは三週間くらい、まとめてとってる」

「そうか…」

渡米のために、ずっと調整していたのだろう。

それが長いのか短いのか、千波には感覚としてよくわからない。オフとしては長いのだろうが…、しかしあっという間なのだろう。

依光といられる時間としては。

「……大丈夫なのか？」

いくぶん真剣な顔で聞かれて、千波は首をかしげる。

「何が？」

「俺がここにいて」

「どうして？」

「や。……やっぱしさ」

目をそらし、柵の角のあたりに身体を預けて髪をかく。

「勘《かん》ぐるヤツもいるだろ？　つーか、そのまんまだし」

確かに滞在中はずっとこのトレーラーに泊まるわけだし、そうでなくとも千波の事件やその周辺の事情も、知っている者は知っているのだろう。そして知っている人間が一人いれば、全体に広まっても不思議ではない。

とはいえ、個人主義の国だ。神経質に気にするほど、自分たちに関係なければあまり興味はないようにも思える。

アメリカでは、被害者と加害者の善悪が、少なくとも日本よりはっきりしている。日本だと、おまえに隙《すき》があるからだ、と逆に被害者が責められるようなこともあるが、こちらでは「無罪《イノセンス》」は「罪がない」、ということだから。

そういう意味では、千波に罪はないのだから誰に恥じることもない、というのが当然、あたりまえの感覚なのだろう。

もちろん、同性とつきあっているということについては、それぞれの好悪《こうお》はあるのだろうが。

「カミングアウトしてる人は少ないんだろうけど…、でもゲイだからっていちいち嫌ってたら、ハリウッドじゃ仕事にならないって笑ってたけどね」

千波は何でもないように肩をすくめた。

実際にかなり多いようで、……依光には言えなかったが、何度か誘いのようなことはあったのだ。

スタッフやプロデューサーや。俳優からも。

「誰が？」

「ヨーコさん。ボディメイクの人」

「日本人？」

「そう。ここには日本人、三人いるよ。ボディメイクとサードＡＤと俺のスタンディングのミハルくん」

「へー」

依光が感心したようにうなる。

スタンディングというのは、主演や助演俳優の影武者《かげむしゃ》のような役割の、一種のエキストラだ。しかしエキストラとはいっても、それぞれの役者と同じ衣裳を身につけてリハーサルやカメラのセッティングを行う。後ろ姿やロングショットならば、その役者に代わりに映ることもある。

実際に役を演じる俳優がリハーサルを行うことはほとんどなく、やる時はいきなり本番だ。そんなシステムには最初、とまどったものだが。

「仲、いいよ。よくしてもらっている。ヨーコさんは現場にいつも炊飯器を持ちこんでるから、おにぎり作ってくれるしね」

そうか…、と依光がやわらかく笑う。

安心したのかもしれない。……つまり、それだけ今も心配をかけている、ということだ。

少し、胸が苦しくなる。

「髪が伸びたんだな…」

ふっと指を伸ばしてきた依光が、肩口から千波のうなじの髪を弾きながら、ぽつりと言った。

肩を覆うあたりまで、千波の髪は伸びていた。

「伸ばしたんだよ。今度の役のために」

「ああ…」

なるほど、と依光がうなずく。

「おまえは……、変わらないな」

白々と明けていく透明な光の中で、じっと輪郭《りんかく》をたどるように男を見つめ、どこかまぶしいような、胸が疼くような思いで千波はつぶやいていた。

変わらない――。

それがうれしくて。

千波がこちらでの自分の活動を形として日本に知らせることはほとんどなかったが、日本からは依光の出たドラマや映画のＤＶＤを送ってもらっている。

依光に、ではなく、依光の親友で、今は依光のマネージャーをしている花戸《はなこ》に、だ。

以前、弁護士をしていた花戸には裁判の時にずいぶんと世話になった。アメリカに来る時も、ビザやらいろんな証明書やら、こちらで住むアパートを見つけてもらったり、エージェンシーを紹介してもらったり、本当に助けてもらった。どうやら、アメリカに留学経験のあるらしい花戸は、こちらにも知り合いが多いようだ。

定期便のように、月に一度。他にも本とか、馴染みのアーティストのＣＤの新譜とか。カップラーメンとか、インスタント味噌汁《みそしる》とか。

多分照れくさいのと、俺は気が利かねぇから、と依光が何かを送ってくることはあまりないが、それでも荷物の中に、時々、依光が入れたんだろうな…、と思えるものが入っている。

太秦《うずまさ》の土産物っぽいタオルとか、フィギュアとか、ストラップとか。わけのわからないものも多くて…、でも思わず笑ってしまって、気持ちがなごむ。

一度、フェルトでできたサムライの小さなストラップが入っていて、千波は今もそれを携帯につけているのだが、仲間内でもなかなか人気だった。

手作りのようだが、もちろん依光が作ったわけではない。以前に共演した京《みやこ》ちゃんという若い女優が、千波さんに渡して、とくれたものらしい。

あの事件のあとも…、世間から後ろ指をさされるようなことがあったあとも、こうして変わらず接してくれる人がいるのは、それだけで泣きたいようにうれしいと思う。

依光はもちろんだが、……一人ではないのだ、と。ちゃんとわかってくれている人もいるのだ、と思えるから。

誰の気持ちも信じられないくらいボロボロだった時もあったから。

「それにしてもおまえ、ずいぶん無茶したな…」

千波は吐息だけで笑った。

このロケ地に番地などがあるわけではない。公共の交通機関さえ、ないのに。

あらかじめ知らせてくれていれば、千波の方から迎えを出すことは容易だったはずだ。

「まあ…、こっちに来ればなんとかなるだろうって思ってな」

さすがに豪快《ごうかい》というかアバウトというか。依光の方が、ある意味、大陸的な性格だ。

「ジーンもよく乗せてくれたな」

あれだけのスターだ。ファンがよってくることはしょっちゅうだろうし、いきなり見知らぬ日本人に捕まって、千波のところへ連れて行け、と言われても、普通は相手にしないだろう。

「おまえと二人で映ってる写真を見せて、友達だからって力説したんだ。……でも俺のこと、知ってたみたいだな」

穏やかな、依光の深いバリトンが耳に心地よい。

「ああ…、写真」

そういえば、ジーンはこのトレーラーに来たこともあるし、依光との写真はいくつか飾ってある。

それだけで覚えていたのか――。

千波は小さく息をついた。

「そうだな…、多分、見てるんだろうしな……」

「何を?」

「DVD。あの…、智《とも》くんの」

「ああ…」

「ラブシーン」――というタイトルのラブソング。

若手のバンドのデビュー作となったCDの初回販売分についた特典DVDだ。

その中に十数秒、依光と千波のシーンが映像で入っている。二人の、ラブシーンが。

さすがに印象には残るだろうし、恋人だ――、とわかっているのだろう。

いくぶんためらうような間があってから、依光が聞いてきた。

「言ってるのか？」

何をか、は言わなかったが、千波にもわかる。

裁判になった事件だ。暴行——というよりは、強姦《ごうかん》、だった。それが映像に撮られ、ネットに流されたこと。

ある種の「イメージ」を売る俳優にとっては、致命的とも言える。

「オーディションを受ける前、監督には話してる。あとで問題になっても困るからな。製作者サイドは知ってると思う」

どちらかといえば、配給会社はしぶい顔だったと思うが。

しかし今回の映画の最終的なキャスティング権と編集権《ファイナルカット》はクレメン監督にあった。監督がＯＫを出せば、出番を削《けず》られるようなことはない。その分、責任も感じる。

——それでも。

「ジーンには……、話しているはずだよ」

千波はあえて淡々と言った。

「あとでバレて、こんなヤツと一緒にやるのは嫌だ、って主演にごねられたら困るだろ。ハリウッド大作は主演俳優の発言権が強いから」

「千波」

いくぶん…、自嘲《じちょう》気味な口調になっていたのだろうか。依光が手を伸ばして千波の頬を撫でる。

千波にそれにそっと微笑んだ。

「大丈夫だよ。どんな理不尽《りふじん》な理由でだって……役を降ろされることはある。俺だけじゃない」

そう自分に言い聞かせながら。

冷静に、一つ一つ、できることを積み重ねるだけだった。

「実力を買われたんだろ？　……ああ、そうだ。受賞、おめでとう」

カンヌのことだろう。

「監督賞だけどな。でもよかったよ」

作品としても認められた、ということだ。実際、今アメリカで公開されているその映画のおかげで、千波の実力派としての評価もつき始めている。

「なんかいろいろ、名前が挙がってるんだろ？　アカデミー賞とかゴールデングローブ賞とか？」

「運がよければかかるかな。ノミネートくらいは」

千波は冷静に言った。

「日本での俺のああいうスキャンダルは…、多分、ショーレースでは有利に働く。アメリカはそういうのが好きな国だからな。逆境から這い上がって転地を求め、アメリカン・ドリームをつかむ、みたいなの？」

大手の制作スタジオではなくインディーズの作品だけに、実際には主要部門での受賞は難しいと思うが。

時間がたって、客観的にいろいろなことを見られるようになった。現実を現実として、受け止められるようにもなった。

この国で、自分がどんなふうに見られるのか。どんなふうにアピールするべきなのか。

もちろん、どんな場所にも悪意はある。足を引っぱろうとする者も、たたきつぶそうとしてくる者も。

それでも同じだけ、助けてくれる人もいる。

どん底を知っているから……、つらいと思うことはあっても、耐えられないことはなかった。

「映画、観たよ」

依光に言われて、千波は首をかしげる。

「日本の公開、まだだろう?」

「こっちで飛行機の乗り換え便を待ってる時。一〇〇%理解できる英語力はねぇけど…、いい話だったな。映像もよかったし…、おまえも日本にいた時よりずっと存在感がある」

じっと千波を見つめて、依光が言った。

「目が離せなかった」

「それはおまえだからだろ…」

ちょっと照れるような気持ちで、千波はつぶやいた。

日本でも公開はされるようだが、来年の話だろう。配給先もそう多くはないはずだ。内容的にも堅く、映画賞での受けはよくても、興行的に大ヒットが見こめる映画ではないだろうから。

「日本でも結構、報道されてた」

千波は小さくため息をつく。

「カンヌか…。ひさしぶりに日本のマスコミを見たよ」

丸一年半、ぷっつりと消息を絶っていた千波の名前がいきなりパンフレットにあって、少しばかり色めき立ったらしい。もっとも千波個人がノミネートされていたわけでもないので、単に出品作に出演した、という程度のことだが。

そっとしておいてほしい——、とも思うが、それはこちらの勝手な都合だろう。この仕事を続けている以上は。

ただ、やはりプライベートに踏みこまれたくはなかった。

もしかして……、依光のところにも、また取材などが行ったのだろうか。

また……何か言われたのだろうか。

胸が痛む。聞いても、何も言わないだろうけど。

肌寒さを感じて、わずかに身震いし、千波は無意識にローブの襟《えり》を立てた。

「千波」

呼ばれた声に引かれるように顔を上げると、依光が両手を広げてにやにやと笑っている。

「マジ、風邪ひくぞ」

ほらほら、とうながされ、少しあきれるような、照れるような気もしたが、千波はそっとその腕の中に入って胸に額をつけた。

大きな、がっしりとした腕が千波の身体を抱きこんでくる。

すっぽりと、ちょうど自分の身体が収まってしまうこの大きさに…、たとえようもない安心感を覚える。涙が出そうなくらい。

大きな胸に顔を埋めて、目を閉じて。

揺るぎのない力に守られて――。

すべてを預けてしまえる場所だった。

「勝手に来て……、迷惑じゃなかったか？」

少し冷たくなった頬に、頬をすりよせるようにしてそっと聞かれ、優しく髪を撫でられる感触にまどろみながら、千波は素直に答えた。

「来てくれてうれしい。……けど」

「けど？」

「別れるのがつらくなる…」

言葉にしただけで、ツン…、と鼻の先が痛くなるような気がする。

たった三週間――だ。

依光が千波の髪に頬をすりよせ、抱きしめる腕にぎゅっと力をこめる。小さな子供をあやすみたいに。

そして、深い声が静かに尋ねた。

「ずっと……そばにいてほしい？」

頭の上から、肌に、胸の奥に沁みこんでくる。

「うん…」

目を閉じたまま、鼻で吐息するように千波は答えていた。

優しく、甘やかされる心地よさ。

それを知っているから。

千波が望めば……依光はそうしてくれるのだろう。日本での仕事を辞めて。

「……でも、ダメだ」

ふっと、依光の髪を撫でる手が止まる。

静かに頭を離して顔を上げ、男を見つめて千波は言った。

「弱くなる」

また——頼ってしまう。またこの男の腕にすがってしまう。

ちゃんと自分の足で立って、歩いていかなければならないのに。

「おまえは十分、強いよ。誰もができることじゃない」

依光が千波の手をとり、ぎゅっと指をからめながら、言い聞かせるように強く言った。

「おまえがいたからだよ」

千波はそっと微笑んだ。

依光がいてくれたから、だ。

今、自分がここにいるのは。——生きていること自体が。

「それに……役者だったから……、かもしれないな」

つぶやくように千波は言った。

俳優だったからこそ、名前も出て、顔も出て……、大きく報道もされて。傷つくことが多かったのだろう、と言われたこともある。

だが受ける傷の深さは、俳優でも他の人間でも同じはずだ。

俳優でよかったのかもしれない…、と思う。隠れることができないから、なりふりかまわず生きていく覚悟ができた。

忘れることは不可能だから。世間が忘れても、自分は覚えている。忘れたふりをしていても、一生、背中についてくる。

この仕事でなければ、世間から顔を隠し、引きこもるようにして、ずっとつらい記憶だけを抱えて生きていくことしかできなかったのかもしれない。

「谷脇の…、被害にあった人から手紙をもらったよ」

ぽつり、と千波は口にした。

「裁判の……？」

眉をよせ、依光がつぶやく。

千波が正式に谷脇を告訴《こくそ》してから、その反響は大きく、連日マスコミをにぎわせていた。そんな中で、他にも谷脇に「暴行」を受けた被害者が二人、名乗り出て、同様に訴えを出したのだ。

女性――だったから、明らかに強姦罪が適用される状況だった。千波に触発されて、ということだったようだが、そのために当初考えられていたより、ずっと重い判決になった。

千波はそれに首をふる。

「別の人。名乗り出られなかったけど…、ごめんなさい、ってあやまってた。俺にあやまるようなことじゃないのにな。でも谷脇が社会的に罪を問われることになってうれしい、って。少し…、息をするのが楽になった…、て」

そう思ってくれる人が一人、いたのなら。

自分のしたことは間違ってはいなかったのだと思える。自分の受けた痛みも……ムダではなかったのだろう。

世間に対して、顔を上げていられる気がする。

「千波…」

依光が少し困ったようにため息をついた。

手を伸ばし、千波の頬を撫でて……そっと肩を引きよせる。しばらくじっと千波を抱きしめたまま何も言わなかったが、やがてぽんぽん、と千波の背中をたたいた。

「顔…、冷たくなったな。湯冷めしたんじゃないか？　こんな格好で出てくるから。……あ、もう一回、風呂、入るか？　一緒にさ」

頬をこすり合わせ、顔をのぞきこんで、依光が意味ありげににやりと笑う。

その男の頬を、千波は軽くはたいた。

「バカ。いいかげん、痕、つけまくったくせに…」

いくぶん恨《うら》みがましい目でにらんでやると、依光はとぼけたようにあさっての方を向く。そしてせかせかと扉を開けた。

「入ろうぜ。……何か、食うもんある？　めっちゃ、腹減った」

それはそうだろう。昨日の夕方から、何も食べていない。いや、依光はもっとになるのだろうか。

「何かはあるだろうけど…、もうちょっとしたら、ケータリングのブレックファーストの時間じゃないかな」

早いスタッフたちのために、かなり早朝から軽食は用意されている。

言いながら、依光のあとに続いて入ろうとして——ふっとふり返った依光に顎をとられ、深くキス、される。

とまどった千波を静かな眼差しが見つめ、依光がかすれた声で言った。

「あんまり強くなるな…。俺のできることがなくなるだろ？」

そんな言葉に、胸が苦しくなる。

千波は曖昧《あいまい》に微笑んで、小さく首をふった。

もう十分……十分以上、依光にはしてもらっている。

だから依光と再会する時は——もう大丈夫だから、と、言える時だと思っていた。

一人でも大丈夫だから——、と。

◇

◇

「仕上《ファイナル・タッチ・アップ》げ！」

セカンドADの大声を合図に、まるで襲いかかってくるみたいに、ヘア、メイク、ボディメイク、衣裳《コスチューム》など、各スタッフがいっせいに千波をとり囲む。

主役のジーンを始め、他の主要なキャラクターもそろうこのシーンでは、本番前はそれぞれの俳優につくメイクスタッフやら衣裳係だけでも大人数だが、それに何台ものカメラとオペレーター、ライト、集音《ブーム》のスタッフと入り乱れて、それこそ戦場のような騒ぎになる。さらにその中を、監督や助監督の指示を持ってADやPAが走りまわる。

「おい！　この裾《すそ》！　直しとけって言っただろ！」

「あそこの壁！　剝《は》がれてるって！」

「反射、もう少し抑えろっ」

「マイク、近すぎるんだって！」

いろんな怒号が飛びかう中、役者たちはほとんど人形のように、髪を直され、顔や手足のメイクが直され、衣裳が直されていった。

もうなすがままなので自分ではよくわからないが、額に汗をにじませながら、メイクアップ・アーティストたちは手早く、そして細かく、真剣な表情で仕事をしている。彼らにとって、自分たちの担当する俳優は、一つの作品なのだろう。

メイクなどはわずかなライトの加減や、その日の天候によっても微妙に変わってくる。……らしい。

邪魔になってないといいが…、と思いながら、千波が視線を漂わせて依光を捜すと、ちゃっかり、クレメン・ハワード監督の後ろに立って撮影を眺めていた。いつの間にか、すっかり顔馴染みになったようだ。

依光が来て、二週間。

まるで初めからいるスタッフのように、彼は現場に溶けこんでいた。

千波が撮影中はたいていどこからか眺めているが、そうでなければちょこちょこと雑用をしているようだった。なにしろ現場はいつも人手が足りない。集音を手伝ったり、ケーブルを持ったり、荷物持ちをしたり。車を運転して機材を運んだり。

ケータリングのスタッフに混じって皿にスープをよそったり、千波に夜食のおにぎりを作ってくれることもある。かと思えば、エキストラに混ざっていたり、立ち位置を決めるカメラテストに立っていたり。

本当にどこへでも顔を出しているようで、千波でさえしゃべったことのない美術スタッフと、わいわいにぎやかにコーヒーブレイクをしていることもあった。

千波はもともと、あまり人と馴染みやすい方ではないが、依光はやはり、生来《せいらい》の気質なのだろう。どこへ行っても、誰とでもすぐに打ち解けられる。

それでいながら、自分を見失うこともない。

千波には持てない、強さと優しさと柔軟《じゅうなん》さがある。

こんな男がいるんだな…、とあらためて思う。……いや、これほどの男なんだな、と。

何気ない、平穏な日常では気づくこともなかったのに。

千波と視線が合って、依光が、がんばれ、とでも言うように、親指を突き上げてみせる。

ディレクターズ・チェアに腰を下ろした監督のクレメン・ハワードが、いつもながらに落ち着いた様子でOK、と合図を出す。

現場では興奮して大声でわめく監督も多いが、クレメンは一見、物静かな学者といった風情の男だった。黒縁の眼鏡をかけて、ひょろりとした姿がよけいにそう思わせる。

「本番《ローリング》！」

対照的に、緊張感をみなぎらせた助監督《ファーストAD》の声が飛ぶ。

カメラがまわり始め、一瞬に、現場の空気が色を変えた。

シーンとしては、ストーリーの最初のあたり。ジーンと千波とのやりとりが中心だ。

廃墟《はいきょ》の中に現れる広大な神殿が、まさしく本物そのままにセットで造られている。

新しくチームに入ってきた千波とジーンとは、初めはおたがいに反発していたのが、だんだんと息を合わせていく、という流れになる。ここではまだ、よそよそしい雰囲気だ。

味方同士ではあるのだが、次のシーンではジーンを相手に短いアクションが入る。時代劇なら、立ち合い、というところだろうか。

インストラクターに動きを確認をし、ジーンとも念入りに打ち合わせをして、本番に入る。

千波の衣裳は比較的ゆったりとして装飾的なアイテムも多いのだが、反対にジーンは身体に合ったシャツにすっきりとシンプルなレザーの上下。アクション向きだ。役の中では少し長めの、麻《あさ》のマフラーをいつも身につけていて、それがトレードマークにもなっている。

こういうシーンは何度もやり直しをすると身体も疲《つか》れるが、集中力が続かない。気合いと、勢いと、瞬発力《しゅんぱつりょく》。そんなものを凝縮《ぎょうしゅく》し、相手にぶつける勢いで一気に決める。

「千波は呼吸を合わせるのがうまいね」

OKが出て、やれやれ…、と汗をぬぐっていると、そんなふうにジーンに褒《ほ》められた。

案外、時々、依光とお遊びのように殺陣《たて》をしていたからだろうか。

ジーンのアクション・シーンは千波の比ではなく、敵のボスを始めザコもたくさん相手にする。人数が多いせいもあるのだろうが、なかなかタイミングを合わせるのが大変なようだ。

午後一から撮り始め、そのシーンを終えたところで休憩《きゅうけい》に入った。

コーヒー係が飲み物を配り始める。食事と食事の間に撮影クルーにおやつを用意することは、ユニオンの規約で義務づけられているので、きちんとした専任の係がいるのだ。

日本とは違う撮影風景やシステムにもだいぶ慣れた。

自分のイスにどさっと腰を下ろして衣裳を少し緩《ゆる》めていると、千波のコーヒーを持って依光がやってくる。

「なかなかだな。動きがシャープだ。止まった時にブレがなくていいよ」

依光にそんなふうに言ってもらえると、ちょっとうれしい。

実際、訓練の間は体中、痣《あざ》だらけだったのだ。毎日、身体がギシギシと音を立てていた。それでも慣れた今は、ずいぶんと身体がやわらかくなった気がする。

「武術だろ？　何の系統なんだ？」

「テコンドーがベースじゃないかな。剣も使うけど」

「恐いな」

千波の横で立ったまま自分のコーヒーを飲みながら、依光がひっそりと笑う。

「アクションはおまえの専門だろ」

「まあ、そうだけどな…。けど殺陣とはだいぶん違うんだろ。……おもしろそうだな」

ふーむ、と顎を撫でながら依光がうなる。自分が殺陣をやっているせいか、系統の異なるアクションにも興味はあるようだ。

「ワイヤーアクションとかあるのか？」

「あったよ。もうその部分は撮り終わった。俺はちょっとだったけどね。ジーンとコーディはかなり大変そうだったな」

やっている方は大変なのだが、あとでCG処理をするような撮影は、背景も何もないせいか、まわりにはなんとなく間が抜けて見える。

「そういえばおまえ、いつの間に英語がしゃべれるようになったんだ？」

かなりブロークンでクセは残っているが、わいわいとスタッフと話しているところをみると、日常会話は大丈夫なようだ。

聞きとりはともかく、アクセントやイントネーションのクセは本当に大変で、『メゾン・ナイン』の時は日本人の役だったので少々あっても問題はなかったが、この映画ではそれは通用しない。演技以前のことで落とされるのだけは嫌だったので、千波はオーディションの前から撮影に入るまで、かなり集中的に専門家を頼んで直してもらったのだ。

「勉強した」

ふっふっふ、と自慢そうに笑って、依光が親指を立てる。

「俺もいつかハリウッドに進出するかもしれないだろ？」

冗談のような口調だったが、本当にそうなればうれしい、と思う。だが依光のベースは、あくまで時代劇のはずだ。まあ、日本を舞台にしたハリウッド映画も増えてきてはいるが。

「駅前留学したのか？」

「じゃなくて、個人レッスン。ドラマで一緒になったアメリカンのエキストラと友達になって教えてもらってるんだよ。そいつやそいつの友達と話す時は全部英語で…、ま、習うより慣れろ、って感じか？　パーティーなんかも結構、呼んでもらったりしたからな」

へぇ…、と千波は感心する。やはり頭より身体で覚える、というタイプなのかもしれない。

「おまえがこっち来てから地道に勉強してたんだよ、俺も。会いに来るのに楽だろ」

そんな気持ちはうれしくもあり…、少し、胸が痛む。

「――依光さん！」

と、少し離れたところから声がかかった。

千波のスタンディングをしているミハルだ。千波と同じ衣裳を身につけている。

こっちこっち、と呼ばれて、依光は紙コップをそばのテーブルにのせると、ちょっと行ってくる、と軽快に走っていく。

見ていると、どうやら二人で殺陣を披露《ひろう》するようだ。日本で使うような刀はなかったから、千波たちが撮影で使っている諸刃《もろは》の――もちろんニセモノだが――剣を持っている。

まわりにはスタッフやら、役者たちもおもしろそうに集まっていた。監督まで、のそのそとのぞきに行っている。

二十六歳のミハルは日本人だが、両親の仕事のせいか、アメリカでの生活の方が長いようだ。こちらで役者を目指していて、今までもいくつかの映画で端役《はやく》やエキストラをしていたらしい。今回は日本人の千波に合わせて、スタンディングで採用されたようだった。

身長は少し千波の方が高いが、そのへんは靴の高さでどうにかなる。背格好と肌の色、というあたりが基準だろうか。

顔合わせの時に、大変でしたね、と頭を下げてきたので、おそらく事件のことは知っているのだろう。それ以来、口にはしなかったが。

依光のことも知っていたようで、ミハルが時代劇に興味を持っていたのか依光が殺陣の型を教え、二人でよくチャンバラごっこのようにやっていた。

殺陣は、一種、舞と同じような形式美で、やはり呼吸だ。

外国人の目を意識してか、ハデめの立ちまわりのあと、オーバーな依光の「死に方」に拍手と歓声が上がっている。

「汚すな！　破くな！」

と、衣裳係の怒声も飛んでいたが。

ミハルの着ているのは——今、千波が着ているのと同じやわらかなラインの衣裳なのだが、動きに合わせた袖《そで》や裾の広がりは見ていて美しい。

純粋にアクションを考えれば、いくぶんやりづらくはあるのだろうが。

「人気者だな」

と、ふいに聞こえた声に、ハッと顔を上げると、横にジーンが立っていた。

コーヒーを片手に、やはり視線の先には依光たちの姿がある。

「どこでもあんな感じだよ」

嫌味なく、まわりを楽しませる。

「メイクの子たちに目をつけられてたぞ。『キャー！　サムライ・スターねっ、カッコイイー！』……って」

女の子の声色《こわいろ》をまねたセリフに、千波は思わず吹き出した。

斬《き》られ役はスターとはいえないが、……まあ、日本の伝統芸能へのその程度の勘違いはカワイイものだろう。

「日本のサムライと寝てみたい、って子は結構、多いんじゃないのか」

何気ないようにさらりと言われて、千波は何も答えなかった。

それは……千波もわかっていたから。

メイク係の女の子から、直接、聞かれたこともある。

彼、いくつ？　恋人いるの？　ずっとアメリカ《こっち》にいるのかしら？

──そんなふうなことを。

ジーンは、依光と千波が恋人だということは知っているはずだ。知っている上で、こういうセリフは……いったい何を言いたいのか。

「ま、こういう長丁場《ながちょうば》のロケ現場では、ちょうどいい相手だろうしな」

やはり淡々と、ジーンは続けた。

確かに、ロケ現場ではあちこちで即席の恋人同士ができあがる。もちろん、そこで知り合ってゴールインするカップルもいるわけだが…、しかし大半は、ロケが終わってクルーが解散すると、その恋も終わる。家族や友達、恋人から離れての長期間のロケで、さびしさをまぎらわすためにつきあうのだろう。

「千波がアメリカへ来てからずっと…、二年近くも会ってなかったんだって？」

依光と、そんなことも話したんだろうか。

「遠いから。金もかかるしね」

言い訳にもならないことを、千波はつぶやく。

「千波は……新しい恋人を見つけようとは思わなかったのか？」

そんな問いに、千波は思わず手元のコーヒーカップを眺めた。

「千波に気があるヤツだって多い。……気がついてないわけじゃないだろ？」

ちらっとそんな素ぶりを見せて、こちらの反応をうかがってくる人間がいるのはわかっていた。女にしても…、男にしても。

ただそういう意味で千波は隙を見せなかったから、面と向かって口説《くど》いてくる者はいなかったが。口にはしなかったが、かなり真面目な気持ちで千波を見てくれているらしい人間もいる。

「ずっとこっちでやっていくつもりじゃないのか？　千波は永住権《グリーンカード》もう持ってるんだろう？」

「いや…、それはまだ」

「申請《しんせい》してないのか？」

「そのうちに、と思ってる。でもまだ二年にもなってないから」

労働ビザが切れるまでには、少し間がある。

ああ…、とジーンがうなずいた。

「出せば下りると思うが。仕事で結果を出してるんだしな」

とはいっても、半年ちょっと前なら、抽選で何万分の一の確率を祈るしか方法はなかっただろう。それに、まだ「結果を出している」とまでは言えない。この映画が当たれば、それなりに認められるのかもしれないけれど。

「新しくやり直すためにアメリカに来たんだろう？　だったら恋人も新しく見つけた方がいいんじゃないのか？」

新しくやり直すために――、か……。

そう。やり直すことはできても、過去をなかったことにはできない。

依光との間に気持ちのすれ違いとか、違和感とか…、そんなものを感じるわけではない。依光は以

前のままだった。以前と同じように、誠実だった。

それだけに……どうしたらいいのか、わからなくなる。

依光のそばにいても、自分にできることは何もないのに。

ただ…、与えてもらうだけで。

失ったものが多すぎたのかもしれない。

セックスも……変わった。あれ以来、依光は決して、後ろからはしなくなった。千波にはフェラもさせない。

強引に押し倒すようなことも、焦らして千波にせがませるようなことも。

ただ……優しかった。

何度も、誰に抱かれているのかを教えるように、千波の名前を呼んでくれる。

その思いに、泣きたくなる。

きっとこの先も、ふとしたことで千波は思い出す。どれほど愛されていたとしても、黒い過去のシミが消えることはない。

そして自分が思い出すたび――自分だけでなく、同じだけ、依光を苦しませることになるのだろう。

永遠に。

「そうかもしれないな…」

千波はイスの背によりかかり、小さくつぶやいた。

おたがいに忘れることは不可能なのだから――。せめて、思い出さずにすむように。

自分に「恋人」がいれば、依光にしても別れやすいだろうか……。

依光のまわりには、自然と人が集まる。千波がいなければ……、新しい恋人を見つけることは簡単なはずだった。

あの男に愛される、幸せな人を。

愛している。

依光を愛している……けど。

きっと、誰よりも愛しているけど——。

◇　　　◇

依光が来て、すでに二十日が過ぎていた。

この日、千波が起きたのはもう朝も遅い時間で……、しかし今日の予定は午後からだった。

依光はトレーラーにはいなかった。また現場をうろちょろしているのだろう。

今週末、三日後にここを出る、と依光は言っていた。本当にあっという間で、そろそろなんだな…、と思うと、やはり胸が締めつけられる。

考えるだけで息苦しくなり、千波は大きく息を吸いこんだ。

会えてうれしかった。……そして同じだけ、つらくなる。

また依光のいない時間に慣れるまで。

「――千波。起きたのか。おはよ」

その日の開始時間からきっちり六時間後――という組合《ユニオン》の規則になっている。遅れたら六分ごとにペナルティ・マネーが科せられるのだ――ランチタイムに合わせて食べに出ると、依光がいつもの明るい顔で声をかけてくる。

豪華なバイキング・メニューからとってきた料理を山盛りにした皿を二枚と大きなドリンクを並べたトレイを千波の前におくと、そのままどさっとすわりこむ。しかしいつになく、割烹着《かっぽうぎ》のような大きなエプロンを着けていた。

「どうしたんだ、その格好?」

と、その依光の衣裳に、千波は首をかしげる。割烹着の下には見覚えのある、ジーンと同じ衣裳を身につけていたのだ。

ハハハ…、と軽く笑いながら、依光はフォークを手にとった。

「今朝、現場をのぞいてたらテリーがいなかったみたいで。代役の代役? 頼まれたんだよ」

テリーというのはジーンのスタンディングだ。どうやら街へ出て酔っぱらったまま、昨日は知り合った女の子のところに転がりこんだらしく、朝、我に返って電話を入れてきたらしい。

へぇ…、と千波はうなる。

そういえば、肌の色も微妙にボディメイクされている。立ち位置の確認や、ライトのセッティングくらいならともかく、後ろ姿が映りこむような場合にはカツラもつけるのだろう。

確かに身長は同じくらいだ。体格は少し、依光の方がスレンダーだと思うが。そのあたりは下に着こんで調整するのだろうか。

自分の衣裳を身につけ、念入りにメイクをして、午後からは千波も撮影に加わった。テリーもようやくもどってきたようで、助監督に怒鳴られながら依光と交替する。

しかしこの日は機材などのトラブルが多く、途中で何度も撮影は中断された。さすがにジーンもうんざりしたようなため息をついている。

ようやく長いシーンが終わり、しかし次へ入るまでにずいぶんとゴタゴタとしているようで、予定外に休憩が合図された。

ダレた様子でスタッフがそれぞれのトレーラーや休憩所に引き上げていく中、千波は背後から助監督に呼び止められた。そのまま監督のところに連れて行かれる。

クレメン・ハワードは相変わらずディレクターズ・チェアにひっそりと腰を下ろしていたが、——実は、現場では一番目立たない男かもしれない——千波に気づいて穏やかな笑顔を作った。

「休憩中にすみません。ちょっと聞きたいことがあるのですが」

いつものように、丁寧に口を開く。

千波よりもずっと、十歳以上も年上なのに、クレメンは誰に対してもこんなふうにしゃべる。いつも物静かで、その風貌《ふうぼう》や話し口調からか、あだ名が「教授《プロフェッサー》」というらしいが、なるほど、という気がする。

「何でしょうか?」

自然と千波も丁寧な言葉遣いになる。もちろん、立場的にも年齢的にも、それは当然だが。

「依光がこの映画に出演するとしたら、日本で何か問題が出るでしょうか? エージェンシーがうるさいですか?」

「いえ…、依光はフリーですから」

答えてから、千波はわずかに首をかしげた。

「さっきのスタンディングの件ですか?」

バックショットでも映りこんだのだろうか、と思いながら尋ねると、いえ…、とクレメンが首をふる。そしてわずかに破顔《はがん》した。

「あれはボランティア。プロダクション・マネージャーがうるさいですから」

千波も思わず笑ってしまう。

プロダクション・マネージャーは必要なモノの申請書にサインしてくれる人だ。それを持っていけば、会計士が金を下ろしてくれる。

「次のシーン、二言、三言だけの端役なんですが、予定の飛行機がキャンセルされたらしくて役者が到着できないんですよ。スタントを兼《か》ねている役でね。神殿の石段の上から背中向けに落ちるんですが」

右手で上からヒューッと落ちるアクションをしながら、クレメンが説明する。

ああ…、と千波はうなずいた。

「本人がよければ大丈夫だと思いますよ」

殺陣とスタントとは違うが、依光は現代物のドラマやVシネマにも出ているし、二階から落ちるくらいはしょっちゅうだろう。一度は火だるまにもなっていた気がする。マットに落ちるくらいなら、池田屋《いけだや》の階段落ちよりはずっと楽なはずだ。

「そう。よかった。ちゃんとギャラも出しますから」

大きくうなずいて、クレメンは今度は依光を捜してくるように指示を出す。

「……あ、でもあいつ、観光ビザだと思いますけど」

いいのかな、と思いながら首をひねると、大丈夫、とクレメンが微笑んだ。

「適当に処理しますよ。ギャラじゃなくて、単なる謝礼としてね」

まあ端役であれば、当局もそこまでうるさくはないだろうが。

「何か?」

ほどなく、助監督が相変わらずあっちこっちと現場をうろうろしていたらしい依光を捕まえてもどってくる。

千波と監督の顔を見比べながら、ちょっと怪訝《けげん》そうに依光が尋ねてきた。

クレメンがさっきの話をくり返すと、依光は目をパチパチさせてから、ニッ、と笑った。

「ええ、喜んで。――あ、その代わり監督、ちょっと質問、いいですか?」

「何でしょう?」

依光がそんな交換条件を出したのに、クレメン監督がわずかに首をかしげる。

が、その時、千波は衣裳のスタッフに呼ばれて、その場を離れた。

「千波！　こっちへお願い！」

前のシーンで少し汚れた背中の部分を、立ったままブラシと布できれいに直してもらっている間、ちらっと依光の方を見ると、何やら監督と真剣に話しこんでいる。

「はい、ＯＫ」

と背中をたたかれて二人のところにもどると、ちょうどあちこちと指示を出しに走りまわっていた助監督もあわただしく帰ってきた。

それにハワードがおっとりと声をかける。

「――あ、依光にやってもらいますから」

了解です、とうなずいた助監督が、依光に向き直ってせかせかと言った。

「急いで衣裳を合わせてメイクしてもらって」

よろしく、とやわらかな監督の声に送り出されて、千波も案内がてら、一緒に歩き出す。

「あ、もしかして俺、ハリウッド・デビュー？　名前、クレジットされるのか？　……ギャラが出るってさ。飛行機代くらいにはなるかも」

衣裳係のトレーラーに向かいながら、依光はうきうきと言った。

「どうかな」

さすがに「謝礼」で国際線の旅客運賃が出るかは疑問だが。

「監督に何を聞いてたんだ？」

何気なく尋ねた千波に、依光がにやっと笑う。

「アラン・スミシーのこと」

「ホントに聞いたのか」

千波はあきれて目を見張った。

依光の好きなB級ホラー・コメディに、日本では未公開だったがビデオ化されているものがある。その監督が「アラン・スミシー」なのだ。

監督名に「アラン・スミシー」とクレジットされている作品は数多いが、これはいわゆる「匿名《とくめい》」の隠喩《いんゆ》だ。撮影中に何か問題があって監督が途中で降りた場合、——主演俳優と対立したとか、制作スタジオと意見が合わなくなったとか、予算が折り合わなくなったとか——、あるいは編集権をスタジオが持っている場合などは、覆面試写会《スニーク・プレビュー》で観客のアンケートが悪ければ監督の意向を無視して勝手にエンディングを変えられたり、編集を変えられたりしてしまうことがある。そうしてできあがったものに監督が納得できなければ、クレジットから自分の名前を削るのだ。その代わりに、「アラン・スミシー」の名前で発表されるわけだった。

依光は、その自分の好きなB級ホラー・コメディがクレメン・ハワード監督の作品ではないか、と昔からずっと言っていた。この部分のカメラワークが、とか、この二人のセリフまわしが、とか、こういうあざとい設定が、とか、いろいろと解説されたが、正直、千波にはわからない。現在、クレメン・ハワードの名前で出されているものともずいぶん趣《おもむき》が違う気がする。

「そうだって？」

「いや、はぐらかされた」

依光が難しく眉をよせる。

「でも否定しなかったってことは、やっぱりアヤシイよな」

顎を撫でて一人で納得している男に、千波はため息をついた。

……まあ、監督の迷惑にならない程度にマニアであるのは悪いことではないのだろう。

それに想像もしていなかったが、こんなふうに依光と一緒の作品に関われるのはやはりうれしい。

休憩が終わって、千波もワンシーンこなしたあと、依光の出るシーンに入る。ジーンとのからみのようだった。何人かいる、その他大勢の悪役の一人だ。

短めのアクション。ジーンの薙《な》いだナイフの刃先を避《よ》けて、神殿の石段から背中向けに川に落ちる。

が、川はあとでCG処理されるので、ここではマットに落ちるのだ。

リハーサルを見ながら、やっぱり斬られ役なんだな…、と千波はちょっと笑ってしまった。

依光が真剣な表情で、身ぶりを交えて動きの手順と立ち位置をチェックしている。なによりも、このシーンの目的と見せ場——自分の、ではなく、主役の、だ——を確認する。

自分を目立たせることではなく、作品の流れの中で、一つのシーンとしての完成度を見据えている。

その横顔を、千波はじっと見つめた。

本当に無意識のまま、目が追っていく。心臓がドキドキした。

依光の演技を生で見るのは何年ぶりになるだろう。あの『トータル・ゼロ』を撮った時以来だ。

一度、背中から大きなアクションで落ちてみて、感覚をつかみ、OK、と合図を送る。

本番！　の声がかかった。空気が一瞬に引き締まる。

依光は落ち着いていた。気負いもなく、日本にいる時と同じように。

彼にしてみれば、どうということはないシーンなのだろう。しかし千波は、自分の出番よりも緊張していた。

知らず指をぎゅっと握りしめて、ただ男の姿を見つめる。

セリフとしては、「このやろうっ！」とか、「死ね！」とか——もちろん、英語だが——叫ぶ程度のものだ。

ジーンとの攻防があり、——その瞬間の視線の交錯《こうさく》。駆け引き。間。

依光の引き締まった表情に、眼差しの強さに、目が奪われる。

そしてその身体が、背中から空中に放たれた。弧を描いて、きれいに落ちていく。

依光に迷いはなかった。

カットの声とともに湧き起こった拍手の中で起き上がった依光が、両手を挙げて大きな笑みでアピールしている。

——その笑顔から、千波は目を離すことができなかった……。

翌晩——。

撮影のなかったこの夜、ジーンが依光のお別れ会を開いてくれた。

……というか、どちらがついでかはわからないが、このロケ中に知り合ったスタッフが電撃的に婚約発表をして、そのお祝いも兼ねていたようだ。

ジーンの砂漠での住まいは、日本ならば立派に新築といった感じのプレハブ3LDKだ。土地だけはあまっているので、もちろん平屋で。

その家の中を開放し、庭——というか、要するにだだっ広い砂漠の土地にもガーデンパーティー形式でテーブルやイスが並べられていた。

食事はいつものケータリングが豪華になったもので、撮影用の照明が灯され、バンドも街から呼ばれていて、かなり本格的なパーティーだ。

「すげーな…。ロケ先に家を建てるのかよ…」

依光があきれたようなため息をつく。

「契約に入ってるんだよ。ジェットも家も。運転手つきの車も。多分、備《そな》えつける冷蔵庫の容量とか、中に入ってる水の種類までね」

千波はくすくすと笑った。

ボディガードや専任の雑用スタッフはもちろん、使うスリッパやタオル、バスローブ、トイレットペーパーのブランドから、好みのワインやシャンパン、ビールまで。

そんな些末《さまつ》なことまでこと細かにとり決められた、事典並の分厚い契約書が交わされる。もちろん本人がすべて目を通すわけではなく、読むのはエージェントだろうが。

俳優は、自分の要求を伝えればいいのである。

　これが主演女優だと、毎日バラの花束を届けさせたり、どこそこのチョコレートを届けさせたり。寝る前にピアノの生演奏をさせたり、血統書付きの子猫を飼ってみたりとか、なかなかに個性豊かで大変だ。

　当然、着替えの手伝いや掃除のスタッフは必要だし、コンタクトレンズが一人でつけられない、という俳優に、専任の「コンタクトレンズを入れる係」が雇《やと》われたこともあるらしい。

「俺も言えばワンルームくらいは作ってもらえたかもしれないな。ま、でも、トレーラーで十分だし。個室の確保だけはエージェントに頼んであったけど」

　依光が千波を横目にして、もったいない…、とうめく。

「欲がなさすぎだな。せっかくだから、ガンガン頼めばいいのに」

「みんなに言われる」

　千波は小さく笑った。

　共演している俳優仲間にも、スタッフにも。

「あんまり思いつかなかったんだよ。欲しいもの、って」

　トイレットペーパーにこだわりのブランドがあるわけでなし、食べ物や飲み物に関しても、どうしても、というほどのものはない。ケータリングでたまに日本食は出るし、おにぎりくらいならいつでも食べられる。……まあ、お茶漬けの素がほしい、と思うことはあるが。

「いろいろあるだろ？　ケーブル入れて日本のテレビが見られるように、とか。週に一度は大トロの刺身、とか」

「大トロか…。砂漠で食べてもあんまりおいしくなさそうだけどな」

風情がないというか。ありがたみがないというか。

「恋人がしょっちゅう来られるように、飛行機の往復チケットとか？」

ちろっと横目に言われて、千波は微笑んだ。

「そうだな」

実際に、家族や友人がロケ現場まで見学に来るのならファーストクラスのチケットが用意される。

——という契約条項も、ジーンならあるはずだ。

その契約はつけておいたらよかったな…、とちょっと後悔する。

依光はおそらく、エコノミーで移動してきたのだろうし、やはり身体の疲れを考えるとファーストクラスに越したことはない。

パーティーは夜更《よふ》けまで続き、にぎやかに、楽しく過ごせた。

「砂漠にやってきたニッポンのサムライに！」

と、ジーンの音頭《おんど》で盛大に乾杯してもらって、依光も陽気に飲んでいた。

ハリウッドではまったくの無名の俳優にもかかわらず、ジーンや監督を相手に臆《おく》するところもなく、堂々と意見を出して対等に話している。

そんなところが、他のスタッフにも潔く、凜とした「サムライ」のイメージと重なるのだろうか。

クレメン・ハワード監督とは特に話が合うのか、あるいは監督が日本の時代劇に興味を持っているせいか、よく話しているようだ。

ハリウッドの現場では、仕事はより細分化されている。監督の直接のサポートにはファースト、セカンド、サードまでいるAD、さらには雑用にPAがつく。撮影には撮影監督がいて、その下には撮影監督の指示を受ける何人ものカメラクルーがいる。照明監督がいて、音響監督もいる。その下の下のスタッフまできっちりと仕事が割りふられていて、そしてスタッフ・ロールが長くなっていくわけだ。

事前の打ち合わせをかっちりとしたあとは、クレメンはあまり細かく口を出すタイプではないらしく、「カット」の声の他は要所要所で必要な指示を入れるくらいだった。殺気立っている現場では比較的余裕があり、依光はいい話し相手だったのかもしれない。

「カッコイイ人ですよねえ…」

そんな依光の背中を眺めてミハルがつぶやくのを、千波は静かに微笑んだまま聞いていた。

そう――依光はカッコイイ男だった。

目に見える部分だけでなく、すべてが。

若い女性のスタッフも、次々と名残《なごり》を惜《お》しむように依光に抱きついて、キスを浴びせている。

ちらっと時折、どこか気まずそうな様子で千波と目が合うのは、おそらく夜の誘いでも受けているからだろう。……手をふって愛想《あいそ》笑いで断っているようだったが。

にぎやかなままに夜が更けて、酔っぱらってつぶれる者もそこここで出始めている。

部屋の隅の方でまだクレメン監督と差し向かいで話している依光に、千波はため息をついて近づいていった。

依光にしてみれば、明日で帰国なのだ。名残惜しいのはわかるが。

「こら。いいかげんにしろよ。明日も撮影はあるんだぞ」

背中から声をかけ、頭を軽く拳骨《げんこつ》で殴った千波をふり返って、依光がちょっと首を縮める。

「あ、千波」

「もう帰国なんて残念ですね…。スタッフもさびしがりますよ。ずいぶん手伝ってもらって助かりました」

クレメンがじっと依光を見つめて微笑んだ。

「ね、最後ですし。餞別《せんべつ》代わりにあのこと、教えてくださいよ」

そんな依光の言葉に、クレメンがうーん…、と、うなりながら手慰《てなぐさ》みのように眼鏡を直す。

「あのことって?」

「アラン・スミシー」

尋ねた千波に、腕を組んで依光がにやにやと笑う。

「まだ言ってたのか」

千波はあきれてため息をついた。

「だって、絶対そうだと思うもんっ」

子供みたいに依光が頑固に言い張る。

「もしそうなら、ディレクターズ・カットで見たいんですよ。出しませんか?」

「いや、それは無理かな。私に権利がないから」

わずかに身を乗り出すようにしてつめよった依光に、右手を上げてクレメンが困ったように言う。

「――あ。やっぱり」

にやり、と、したり顔で依光が指を鳴らした。それにクレメンも、しまった、という顔をする。

その言葉は認めたのと同じことだ。

「まいったな…」

クレメンが頭をかきながらため息をついた。

「聞かなかったことにしてくれますか？」

別にバレて問題があるとは思えないが、個人的なこだわりだろうか。

「アレは今、権利交渉をしている最中なので。もしかすると将来的にはディレクターズ・カットも出せるかもしれません」

「え、ホントに？　楽しみにしてますよ」

わくわくとした顔で、本当にうれしそうに依光が言う。

「しかし依光はカンがいいですねえ」

依光を見上げながら、感心したようにクレメンがうなる。

ヤマカンとか第六感とかいうのではなく、映画的な嗅覚《きゅうかく》、という意味だろう。

どうも、と依光が頭を下げる。

「でも、本当にいろいろとありがとうございました。俺もうれしかったですよ。千波と共演できて」

ちらっと視線が合って、千波はなんとなくそらしながら肩をすくめた。

「からみはないけどね」

「千波も、依光が来てからの演技は迫力が増しましたね。こう…、筋が一本通った感じがある」

しかしクレメンに微笑んで言われ、千波は妙にとまどってしまう。

「そう…ですか……?」

「キレイですよね。表情の一つ一つが」

横から依光も口を出し、さらにあせる。

「依光」

「千波は汚れた役を美しく表現できる役者ですから。めったにいない」

「え…?」

クレメンにそんなふうに言われて、千波はわずかに目を見張った。

今の役は別に汚れ役というわけではないが…、そういえば、先には敵の捕虜《ほりょ》になるような場面もあっただろうか。確かに、脱出には相当なりふりかまわない感じの演技が必要だったが。そのために、体重もほんの数日で二、三キロ、落とす必要があった。

「つらい経験も多かったと思うけれど…、起きてしまったことをなかったことにはできないのですから。それをプラスにするかマイナスにするかはそれからの自分次第です。……千波はそのことをよくわかっている」

じっと眼鏡の奥からやわらかな眼差しに見つめられて、千波は小さく息を飲む。

自分がわかっていて、何かをしてきたつもりはなかった。ただ、がむしゃらにやってきただけで。

まわりの人たちに助けてもらっただけで。

なくしたものは多かったが、しかしあの事件のあとで手に入れたものも、確かにあったのだろう。

あのまま泣き寝入りをして、人生を捨てていれば手に入れられなかったものが。

「木佐が千波に目をかけるのはよくわかる」

さらりと言ったクレメンの言葉に、えっ？　と声を上げたのは依光だった。

しかし言葉が続かないらしく、千波がとまどったまま尋ねる。

「お知り合いなんですか？　木佐監督と」

「はい。二十年近く前、ヴェネチアで会いました」

「へぇー……」

にこにこと言ったクレメンに、何か気の抜けたような声を依光がもらす。

思わず、依光と目が合った。

クレメンは依光と木佐との関係を知っているのか…、微妙によくわからない。

そして、いつかまた必ず、と握手をして、依光はクレメンに別れを告げた。

「サムライのコスチュームだったら受けただろうな」

酔い醒ましの散歩がてらに歩いてトレーラーまで帰りながら、ふと千波が口にする。

「うーむ…。不覚であった」

本当に残念そうに依光がうめくのに、ちょっと笑ってしまった。

ポツポツと街灯代わりに灯されている明かりを頼りにトレーラーまで帰り着くと、アルコールを相《そう》殺《さい》しようと濃いめの日本茶をティーバッグで入れる。

……そういえば、こんなものも契約書にして頼んでおけばあとで使えてよかったかもな、と思いながら。

「しっかし…、これだけ組合とか俳優の権限が強いと、あのオヤジにハリウッドの監督はできねぇな……」

さすがにジーンの仮住まいよりはぐっとコンパクトなリビングに腰を落ち着けて、依光が低く笑う。

あのオヤジ、というのは、実の父親である木佐監督のことだろう。

確かに、役者やスタッフを怒鳴り散らしたり、イスをぶん投げたりしていては、アメリカではヘタをすれば訴訟《そしょう》モノだ。そうでなくとも組合《ユニオン》がうるさい。きっちりと決められた時間でしかスタッフや役者が使えない状況など、木佐監督には考えられないだろう。

マグカップにお茶を入れて出してやる。サンキュー、と軽く言って、依光がすすった。

ちょっと、不思議な気もする。

以前は……何をしてくれるのも依光だった。料理や掃除も。

そういえば、この三週間の間に、何か日本食を作ってもらえばよかったな…、と、今になって思い出す。材料を街で買い出してきて。あるいは、ケータリングのスタッフに頼めば、ある程度はそろうかもしれない。

リビングで向かい合って、ふっと、沈黙が落ちる。

同じ思いがあるのだろうか。

今日が最後なのだ。明日には……、依光はいない。

……いや。やはり違うはずだった。同じさびしさを感じていたとしても。

依光にとっては、この先、二人で笑い合える思い出の一コマだろうし、そして千波にとっては……一つの区切り――になる。

もし――。

このロケ地で自分たちが最後になったとしても、依光には少なくともいい経験は残りそうで、それだけでもよかったかな…、と少しホッとする。

「マッサージ、してもらっていいか？」

依光がカップをテーブルにおいたタイミングで、千波は口を開いた。

本当に、さりげなく。

「ああ」

依光が笑ってうなずく。

ここへ来てから、二日に一度はしてくれている。そういえば、日本にいた時でさえ、これほど長い間、ずっと一緒にいたことはなかったな…、と思い出す。

少なくとも、あの事件が起こるまでは。

いつもおたがいの仕事ですれ違っていて。それでも、一緒にいられることがあたりまえのように思っていた。

「奥へ行く？」

聞かれて、千波は首をふった。

「ここで」

ベッドへ行ったら…、そのままなし崩しに抱き合ってしまいそうだった。

ベルトだけを外して、千波はソファへうつぶせになる。

大きな手のひらが丸く肩をもみ、背中をなぞり、腰を押して、やわらかく身体をもみほぐしていく。

しっかりとした指の感触と、手のひらの温もりが肌に刻まれる。

目を閉じて、千波はその手に身体を任せた。……そして、心も。

指圧するようにうなじから首筋がもまれ、それぞれの腕や足も。

指先が、その力が身体に馴染んでいる。

気持ちがいい――。

本当に契約書に書けば何でも望みが叶《かな》うのなら、依光を専任のマッサージ師に頼むのにな…、と、ふっと思う。

思わず、声に出さずに笑ってしまう。

……そのはずだったのに。

目を閉じて、顔を埋めていたクッションがしっとりと濡れているのに気づく。

自分でもわからないまま、泣いていたようだった。

「千波…？」

ふっと、それに気づいたように依光が手を止めた。

「……何でもない」

あわてて顔を伏せ、さらに深く顔をクッションに埋めるようにして千波はうめく。

「千波」

千波の横になったソファの端に軽く腰を預け、依光の指先がそっとうなじの髪を撫でてくる。

「ジーンに言われたよ」

頭の上で静かに依光の口にした言葉に、千波は一瞬、息を止める。

「俺が一緒だと、いつまでもあのことを思い出させて千波にとってもつらいんじゃないのか、…って。忘れさせてくれる新しい男に任せた方が千波も楽なんじゃないか、ってな」

固い指先が、すき上げるように規則正しく、うなじから千波の髪に分け入ってくる。

「ごめんな…」

そして、小さくつぶやかれた瞬間、千波は反射的に身体を起こし、ふり返っていた。

「そうじゃない！　おまえがあやまることじゃ…！」

何も……依光があやまるようなことは、何もない。

「おまえが……、おまえが俺と同じ苦しみを持ってくれてるから…、それがわかってるから耐えてこれた……」

かすれた声が、自分の喉からこぼれ落ちる。

——だが、だからこそ。

もう、十分だった。

これ以上、自分のことで依光が苦しむ必要はない——。

「でも……、もう……」

千波は無意識に両手をきつく握りしめ、それを額に押しあてる。必死にこぼれそうになる嗚咽《おえつ》をこらえた。

「……別れたい？」

そんな千波をじっと見つめて、依光が静かに尋ねた。そっと、崩れそうな雪に触れるように、千波の頬に手のひらをあてる。

「俺と一緒にいるの、つらいか？」

千波は夢中で首をふった。

そうじゃない。ただ——。

「おまえを……これ以上、縛《しば》りたくない……」

両手に顔を埋めたまま、絞り出すように千波は言った。

責任を感じてほしくない。今まで千波を支えてくれて……途中で放り出すようなことは、依光にはできないのだろう。

でもいずれ、それは重荷になる。

「縛られてるとは思ってないけど」

依光が長い息を吐いた。

「俺の気持ちは…、おまえにとって重いか？」

千波は顔を伏せ、両手で自分の腕をきつくつかんだまま、ただ首をふる。

依光はしばらく考えるようにしてから、口を開いた。

「この間の…、カンヌの授賞式の時の映像、見たよ」

ポツリと男の口から出た言葉に、ふっと千波は顔を上げる。

何を言うつもりなのかわからなかった。

「おまえが映ってたのはちょこっとだけだったけど」

口元だけで、依光がかすかに笑う。

「他にもよく中継してるだろ？　アカデミー賞とか…、なんかいろいろ。レッドカーペットの上を歩く俳優の様子」

淡々と、しかしやわらかい依光の声が耳に積もっていく。

「おまえはちゃんと自分の足でそれを踏《ふ》んでる。おまえがいい役者だっていうのは知ってたけどな」

「まわりに恵まれたからだよ…」

喉にからみつくようなかすれた声を、ようやく押し出すように千波は言った。

「そういう人間を引きよせるのもおまえの力だよ」

依光が大きく微笑む。

「けど、俺が想像するよりずっとおまえは大きくなる。……これからもな」

「依光……」

何が言いたいのかわからず、千波は無意識にぎゅっと自分の胸のあたりをつかむ。

「おまえもあんな一人になったんだな…、って思ったら、ちょっとさびしい気がしたよ。距離感っていうのか…。画面の中でしか見れないと、……やっぱりな」

依光がスッ…と視線をそらし、かすかに笑った。

「俺の力は…、もう必要ないのかもしれないな。俺がおまえの枷《かせ》になって、おまえを縛りつけてるのかもしれない」

「違う…！」

ポツリとつぶやくように言われた言葉に、思わず千波は叫んでいた。

「違うっ！　そうじゃない……！」

無意識に、両手で依光の胸につかみかかる。白い指先が、引き裂きそうなほどきつく、男のシャツを握りしめている。

「じゃあ、何が恐い……？」

そっと、目の前にある千波の顔を両手で挟んで、まっすぐに千波を見下ろし、依光が尋ねた。

「あ……」

たまらず、ぎゅっと閉じたまぶたの隙間から涙がこぼれ落ちる。

ほんの二年前なのだ。一緒に暮らしていたのは。

もう、何十年も昔に思えるのに。

あの時は、ただの、何気ない日常だった。永遠になくした今になって、あの頃の自分がどれだけ幸せだったかを実感する。

たわいもないことで笑ったり、拗《す》ねたり、ケンカをしたり。

依光にはわがままばかり言っていた。いつも偉そうにしてて。家事も全部、してもらって。

自分の方が年下だったのに。

「前と同じにはもどれないよ……」

唇を嚙《か》みしめ、震える声で千波は言った。

どんなにがんばっても。どんなに忘れたふりをしていても。

「なんにもなかったみたいに一緒にはいられない……」

二度と、もと通りにはなれないのに。それがわかっているのに。

あえぐように言った千波の頭を、自分の胸に押しつけるようにして依光がぎゅっと抱きしめた。

「前と同じになる必要はないだろ…？」

静かな声が、耳元に落ちてくる。

「変わらないものがあればいい。俺は…、そう思ってる」

変わらないもの——？

その言葉が、胸の奥にぽとん…、と落ちる。

「俺は千波が欲しい。……今も。これから先も。ずっと」

ハッと、息が止まった。

何も考えられないくらい、頭の中が真っ白になる。

しばらく千波の髪を撫で、背中を撫でてから、そっと依光が身体を離した。

静かに腰を上げた依光に引かれるように、千波も無意識に立って依光の背中を見つめる。

依光はストッカーになっているもう一つのソファの下から自分のボストンバッグを引っぱり上げると、その中からクラフト封筒をとり出した。

「これ」

呆然《ぼうぜん》としたままの千波に差し出してくる。

「何……？」

受けとった封筒は、相当な厚さがあった。開けてのぞくと、数百枚程度の紙がいくつかのまとまりで綴《と》じられて入っている。白い、普通のコピー用紙のようだ。

「脚本だと」

なぜか、いくぶん憮然《ぶぜん》とした様子で依光が言った。

「脚本？」

わけがわからなかった。

「あのオヤジが……、木佐監督がおまえに渡してくれ、って」

「木佐監督が……？」

千波は思わず目を見張る。

新しい……映画だろうか。オファー、ということだろうか。

あれほど――前の映画で迷惑をかけたのに。

「続編だそうだ。『トータル・ゼロ』の」

しかし腕を組んでむっつりと続けられた言葉に、えっ、と今度こそ、千波は声を失った。

——続編……？

木佐は今まで、自分の作品の続編を作ったことはない。

だが自分にオファーがあったということは、同じキャストでやるのだろうか……？

依光と、野田《のだ》と。

封筒を持つ手が震えてくる。

読みたい…、と思う。見てみたいし、やりたい——、とも思う。

身体の奥から何かが渦《うず》になってつき上げてくるように。

そうでなくとも、好きな、尊敬する監督なのだ。

——だが。

「俺に……？」

かすれた声がこぼれ落ちる。

日本に帰るということは考えていなかった。今の映画のワールドプレミアでさえ、日本行きは考えてしまうくらいだ。

木佐の前作、『トータル・ゼロ』はヒットした。興行的には、木佐の作品の中で飛び抜けてトップを記録したらしい。

もちろん、作品はよかった。だが千波の告発《こくはつ》、裁判と相まって、スキャンダラスなイメージがついていたことは間違いない。劇場に足を運んだ観客の半分は、興味本位で、というところだったのかもしれない。

——そう。千波の顔を見に、だ。

あれだけ汚れた男が、映画の中でどんな顔を見せるのか、と。

いくら興行収入がよかったとしても、それは木佐にとってうれしいことではないはずだ。

千波は木佐の作品を踏みにじった——、とさえ、言えるのかもしれない。

それなのに……？

「おまえ……も……？」

出るのか、と尋ねた千波に、依光は肩をすくめるようにしてうなずいた。

「出るつもりではいる。……仕方ないだろ」

それは「続編」だから、途中で放り出せない、ということなのか。それとも、父親の作品には本当は出たくないが、——前回もなかば成り行きだったのだ——やはり役者としては出ずにはいられない、ということなのか。作品としては…、監督としては、木佐を認めざるを得ない、ということなのかもしれない。

「返事は急がなくてもいいみたいだから。じっくり読んでから決めればいい」

その言葉に、ゴクリ…と千波は唾《つば》を飲む。

「この映画がクランクアップしたら、返事をしてやってくれよ」

まっすぐに千波を見て、依光が言った。

「俺はおまえと一緒にやりたいと思う」

この夜、依光はリビングのソファベッドでやすんだ。……ここに来てからはずっと、一緒に眠っていたけど。

千波はなかなか寝つかれなかったが、それでも翌日の撮影を考えると、少しでも眠っておかなければならない。

はやる気持ちを抑えて、預かった脚本は封をしたまましまっておいた。読んでしまったら…、今の映画が、自分の中にある役が、どこかへ飛んでしまいそうだったから。

翌朝、撮影が始まる前のまだかなり早い時間、依光はロケ地を出た。

朝一番にエキストラを運んできたセスナがそのままとんぼ返りするので、空港まで送ってもらえるのだ。

ごつごつと荒い滑走路まで、千波も送っていく。

「じゃあ…、またな」

垂直な翼の横でふり返って、何気ない様子で依光が言う。

ああ…、と、千波はうなずいた。

胸がいっぱいになる。

——何か、言いたくて。

言わなければいけないような気もするが…、自分でもまだ、それをつかみきれていなかった。整理がつかない。

そんな千波に、大丈夫、というように、依光が大きく微笑んだ。

温かな、包みこむような笑み。

「千波」

そして、依光がボストンバッグを持つのと別の手で千波の手をとる。

指をからめ、ぎゅっと握りしめて。

身をかがめて、そっと、口元にキスを落とした。

優しい、カジュアルなキス——。

ふわりと肌をかすめた熱が、身体の奥に沁みこんでいく。

「待ってるから」

それだけを言葉にすると、窮屈そうに身をかがめて開いた扉から中へ乗りこんだ。

エンジンがかかり、先端の小さなプロペラがまわり始める。ゆっくりと、ぎこちなく機体が動き始める。

やがて轟音とともにふわりと地面を離れ、白い機体が青い空の中へ吸いこまれていく。

千波は見えなくなるまでずっと、それを見送っていた——。

ロケ地での撮影を終了し、スタジオにもどって残っていた場面をこなし、四カ月に及ぶ撮影はクランクアップした。

盛大な打ち上げ《ラップ・アップ・パーティー》のあと、自分のアパートに落ち着いてから、千波はようやく預かっていた封筒を開けた。

長いその脚本を、最後まで一気に読む。途中からは、飲み物に手をつけることも忘れていた。

読み終わって、明け方になっているのに気づいて。

そのままの勢いで受話器に伸びた手を、それでもようやく止める。

ぎゅっと、強く両手を握りしめた。何かに祈るみたいに。

身体の中に渦巻いている大きな熱を押しこめるように。力を——ためるように。

砂漠のロケ地で別れたあと、依光から一度も連絡はなかった。声も聞いていない。

依光なりの配慮なのだろう。きちんと、千波が考えられるように。

花戸からの定期便だけは届いていて、最新の依光の出演作を見ることはできた。……相変わらず、ちょこちょことした太秦最新グッズも。

元気そうだった。こうして画面の中に見ているだけでも、幸せだった。

それで十分じゃないか…、とも思える。

日本に帰れば、きっとまた、メディアには二人のことがとり沙汰《ざた》される。

自分のベースは、おそらくこの先、アメリカになるのだろう。

だが、依光は違う。ひょっこりと気まぐれのように帰って、依光のペースを……仕事を、荒すだけになるのではないかと思う。

そんなことが許されるはずはないと――十分にわかっていた。

『俺は千波がほしい。……今も。これから先も。ずっと』

『俺はおまえと一緒にやりたいと思う』

依光の声が耳の中によみがえってくる。

一緒に――。

だがそれは、役者としての依光の可能性をつぶすことではないのか。

決心がつかなかった。

『トータル・ゼロ』を撮った時の自分が、依光の姿が、頭の中をぐるぐるとまわる。

あの緊張感と充足感。

今の映画でも、もちろん、それはある。だが、依光との共演はまったく違っていた。

ぐっと、強い力で引っぱり上げられる気がする。自分ではたどり着けない、ずっと高いところにまで。

理性と感情と。どちらに従うこともできないまま数日を過ごす中、ラッシュを見に来ないか、とクレメン監督から連絡があった。

ラッシュというのは、監督が選んだカットをプリントし、未編集のまま、ストーリーの流れに沿ってフィルムをおおざっぱにつなげたものだ。音やCGの入る前のチェック段階で、大きな問題が発見されれば、また撮り直しになるのだが、特に見つからなければこれをもとに監督は編集作業に入る。

千波は試写室に入って、他のスタッフと一緒にじっと映像の中の自分を見つめた。

音や背景がなかったりすると、なんとなく間が抜けて見えるが……、それだけに自分の演技のチェックにはなる。

スクリーンの中で生きるキャラクターは、自分とは別人だった。客観的に眺めることができる。強さと弱さを併《あわ》せ持ち、迷いながら決断して。勇気と、自信を持っていて。

……どこかうらやましいと思う。おかしなことだったけれど。

と、ラストに近くなって、依光の登場するシーンになる。

千波は思わず、息をつめてじっとスクリーンを見つめた。

何ということはないアクションシーンなのだろう。それでも、目が離せなかった。

入り乱れたアクションと短いやりとりのあと、一瞬の迷いもなく、豪快に背中から落ちていくのが目の前でコマ送りのように展開される。

しなるような身体が、シャープなアングルで捉えられている。

ドクッ…、と身体の奥から何かが湧き上がってくる。ぎゅっと無意識に、両手が自分の腕をつかんでいた。

体中、いっぱいまで膨れ上がったものが、一気に弾け出しそうだった。

あの時――。

カット！　の声がかかり、一瞬、息を飲んだような沈黙のあと、自然とまわりから拍手が湧き起こったのを思い出す。賛辞の口笛が長く鳴り響き、「サムライ！」の声が飛んで。

やはり…、何かが違ったのだろう。

それはハリウッドにはない「斬られ役」というものに対して依光が持っている、美意識のせいなのかもしれない。言葉にしなくても、それが映像の中には見えるのだろうか。

いつの間にか目の前では次の場面が流れていて、薄暗い中、ようやく千波は自分が泣いていたことに気づいた。あわてて顔を伏せて、指先で涙をぬぐう。

泣くようなシーンではない。泣く必要もないのに。

体中が熱かった。――依光に抱かれている時みたいに。

優しく抱きしめられている時ではなく……あの瞬間の。

知らず顔が赤くなった。ドキドキする。

大声で叫び出したくなる。

――この男が自分の恋人なのだと。

ぎゅっと、千波は手を握りしめた。

心は、決まっていたのかもしれない。

多分…、覚悟を決めるだけ――、なのだろう。

丸二年ぶりの日本だった。

十一月もなかばをすぎて、初冬、というわりには暖かだろうか。それでもアメリカと比べれば、しっとりと湿った空気が肌にまとわりつく。

空港に降り立って、千波はそっと息を吸いこんだ。

やはりまだ……緊張する。そんなはずはないのに、まわりの目がいっせいに自分に向けられているような気がして。

飾り気のないジーンズとジャケット。小さなキャップと、薄い色のレイバン。

気づかれる、と思うのは、自意識過剰なのだとわかっている。もう二年だ。刺激的なニュースは日々、製造されているし、人々の興味は移ろいやすい。

わかっているのに、やはり身体は強張ってしまう。

意識して肩の力を抜き、片手にビジネスバッグだけを提げて、千波は歩き出した。手荷物はこれ一つだ。

目に入る標示や、まわりから聞こえてくるざわめきが日本語なのに、帰ってきたんだな…、という気がする。

到着ゲートを抜け、ロビーに向かった。

午後の二時過ぎだ。機内食の回数も多かったので、腹は減っていない。

床を流れるエスカレーターに乗って、ようやく思い出してカバンのポケットから携帯をとり出した。電源を入れて、起動音を聞きながら手の中でもてあそぶ。

ふと、携帯の表示時間を変えておかないとな…、と気づいた。腕時計の方は機内で日本時間に調整していたのだが。

ストラップのサムライが揺れている。

――電話、してみようか……。

とも思うが、やっぱり驚かせてやりたい気がする。……先月の、自分のように。

もっとも、この週末あたりに日本に帰る――、と、依光にはメールで伝えていたが。

サンフランシスコでプロモーションの仕事があるので、そのあとに。帰ったら連絡を入れる、と言っておいた。

依光は今日も仕事のはずだ。京都で。そのあたりは、こっそりと花戸に聞いていた。

くす…、と思わず笑みがこぼれる。

驚くだろうか。マンションに帰った時、いきなり千波がいたら。

今は、依光も京都にマンションを借りているらしい。訪ねたことはなかったが、住所は聞いていた。

ガラスで仕切られたむこうの到着ロビーが、大勢の出迎えでごった返しているのが見える。待ちわびている相手なのか、身を乗り出すようにして中をのぞきこんでいる人もいる。

千波は反射的に視線を落とした。

――と。

その間際。

ふっと、一人の男の姿が視界をかすめた。いや、引かれるように目に入った。

ガラス越しに見える、一番端の方だった。腕を組んで、何をするでもなくただ壁にもたれて。……待っている。

無意識に前へ進む千波の視界に、だんだんとその姿が大きくなって。はっきりと顔が見えてきて。目が合った。

にやっ、と男が笑う。依光が片手を挙げて応え、壁から身を離した。

頭の中が真っ白になる。

自分でも意識しないまま、千波は走り出していた。自動ドアを飛び出し、フロアを直角に曲がって人をかき分ける。

「千波」

いたずらっ子のような笑顔。手をひらひらさせる。

千波はそのまま、男の腕の中に飛びこんだ。

「……危ないだろ。こんなとこで走ったら」

千波の身体を受け止めて、さすがにその勢いにわずかによろけ、後ろの壁に背を預けてから、依光の腕がぎゅっと背中を抱きしめてくれる。

「依光……」

いつの間にかカバンは指先からすべり落ち、両腕で男の肩にしがみついて、千波はその首筋に顔を押しあてた。

　直に触れる肌の感触がうれしい。

　髪を撫でる依光の指の力と、抱きしめてくれる腕の大きさ。思ってもいなかったタイミングに、心臓が飛び跳ねる。

　自分が驚かされるばかりだった。……ちょっと悔しい。

　だが……それもあたりまえなのかもしれない。

　依光は自分よりもずっとおとなで。ずっと大きくて。いつも二歩も三歩も、千波の前を歩いている。

　時々ふり返って、千波が近づくのを待っていて。

　優しく手を引いてくれる……。

「どうして……？」

　それでも、わからなかった。ようやく顔を上げ、かすれた声で尋ねる。

　時間など告げてはいなかったのに。しかも、ここは関空だった。

「帰ってくるって言ってただろ？」

　何でもないように依光が笑った。

「でも……、成田《なりた》……」

　自分でも何を口にしているのかわからない。

「俺に会いに帰って来たんだろ？　こっちに決まってるさ」

　自信たっぷりな顔。

「ずっと……待ってたのか……？」

唇を震わせて、千波は尋ねた。

「大層な時間じゃない。サンフランシスコからだったんだろ？　到着便は限られてるしな。ここに立ってたのはその時間帯だけだし」

あっさりと言ったが、それでも何時間もだろう。

朝から、ずっと――。今日帰らなければ、明日も来るつもりだったのか。

依光がそっと、千波のこめかみにキスを落とす。

「早くずらかろう。そろそろヤバイかも」

小声で言われて、ようやく気づく。

そう…、こんな場所であっても、まわりの目にはかなり恥ずかしい場面だっただろう。これが千波でなくても、かなり目立ったはずだ。さすがに顔が赤くなる。

――ねぇ…、あれ。あの人…、――じゃない？

そんなささやくような声もちらほらと聞こえてくる。

千波というよりは依光だろうが――依光だとわかれば、相手を推測することは難しくないのかもしれない。なにしろ、空港だ。

依光が千波の落としたカバンを拾い上げ、もう片方の手で千波の手首を握ると、いきなり早足に歩き出した。千波の半歩前を、千波の姿を隠すようにして。

あわてて携帯を出して写真を撮ろうとしている女性の脇をすり抜けて、さっさとロビーを出ると、客待ちをしていたタクシーに乗りこむ。

車が走り出し、ようやくホッと息をついた。二人で顔を見合わせて、思わず笑みがこぼれる。

あらためてじっと依光の顔を見て。

口は開かなかった。二人きりではなかったから、ただこっそりと手をつないで。

千波は目を閉じて、男の肩にもたれかかり、眠ったふりをする。

依光が愛想よくおしゃべりな運転手の相手をしている声を楽しく聞く。

——……お客さん、時代劇の人に似てますねー。言われません？　ああ…、片山なんとかって人だっけ……——うん、時々、言われるかなあ。でもすぐ斬られる人でしょ？　だから顔、覚えてないんだよねー……——

そのまま二時間ちょっとだろうか。

「着いたぞ」

緊張が解けたせいか本当に眠っていたようで、依光の声に起こされる。

京都にある、依光のマンションのようだった。こぢんまりとした1LDK。確かに、ロケ地のトレーラーハウスと広さではいい勝負だ。

だが一人ならこれで十分なのだろう。依光らしく生活感に溢れ、雑多な感じだったが、……温かい。

「半分は東京だしな。今は花戸んとこ、時々転がりこんでる」

そう言ってから、コソッと耳元でささやいた。

「……でも早くおまえに帰ってきてほしいよ。俺、結構、邪魔にされてるから」

「居候《いそうろう》だからな。おまえがいたら恋人も連れこめないだろ」

くすっと千波も笑う。

依光がコーヒーを淹《い》れてくれている間、千波はゆっくりと部屋を見まわした。

ソファの背に放り出されたままのジャケットとか、テレビの前に散らばっているDVDとヘッドフォン。テーブルの上のマグカップ。

千波は奥のドアを開いた。思った通り、六畳《じょう》ほどの寝室になっている。

飛び起きたのが目に浮かぶような、跳ね上げられた布団《ふとん》に思わず微笑む。仕事か…、あるいは朝から空港に飛んでいってくれたのだろうか。

飾りも何もないさっぱりとした白い壁に、一枚だけ、写真がピンでとめられている。ちょうど、枕の横のあたり。

千波とのツーショットだった。千波が持っているのと同じ写真だ。縁《ふち》が折れてどこかくたびれた感じなのは、アメリカに持って行っていたせいかもしれない。

千波はそっと、指先でその写真を撫でた。

「千波」

呼ばれて、ふり返ると依光がマグカップを手に立っている。

「ありがとう」

それを受けとって礼を言い、息を吹きかけて少し冷ます。一口、二口、飲んでから、千波はそれをサイドテーブルにおき、そのままベッドの端に腰を下ろした。

息を吸いこみ、顔を上げて依光を見つめる。

「帰ってきたよ」

ポツリとそう言った。

静かに微笑んでみせて……しかしなぜか、目の前の男の顔がゆがむ。

いつの間にか、熱い涙がポロポロと頬をすべり落ちていた。

「ああ」

と、それだけ、依光は答えた。

ゆっくりと近づいてきて、千波の前に立つ。確かめるように伸びてきた指が千波の頬を撫で、髪を撫でて……床へ膝をついた。

「一緒に……いたい」

わずかに下になった男の目を見つめ、千波は言った。

「ああ…」

もう一度、依光が答える。少しかすれた声で。

そっと顔が近づいてきて、すくい上げるようにキス——される。

軽く唇が触れてすぐに離れ、もう一度、今度は深く重ねられて。

「ん……」

鼻からかすかな息が抜ける。

おたがいにむさぼるように舌をからめ合って。その感触と、熱を味わう。

千波の腕が引きよせるように男の肩に巻きつき、わずかに伸び上がった依光の身体の重さが、千波の胸にかかる。

抱き上げられるようにして、ベッドに横たえられた。

がっしりとした二本の腕に身体を挟まれ、顔の上から見下ろされて……もう一度、熱い唇が求めてくる。

唇に触れ、顎に、頬に、喉に……キスが落とされる。大きな手のひらが頬を撫で、額から髪をかき上げる。

「千波……」

そして確かめるようにじっと見つめてくる瞳に微笑み返し、千波はそっと自分の指を持ち上げた。

逆に男の頬に触れ、指先でそっと唇をたどる。

その指が優しく握りこまれ、男の唇に挟まれてちろり、と舌先でなぞられる。

くすぐったいような、甘い感触――。

ざわっ…と、身体の奥に沁みこんでくる。

「……あれから……、アメリカから帰ってきて、俺もいろいろと考えたよ」

軽く頬をすり合わせながら、静かに依光が口を開いた。

「俺にできることは何だろう、って。千波は俺がいなくても十分、強いからな」

「そんなことないよ」

あわてて首をふった千波に、依光が小さく笑う。ちゅっ…、と音を立てて鼻先にキスを落とす。

そして両腕で囲いこむようにして千波を抱きしめると、シーツの上でじゃれるようにからみ合った。

「だからこれからは……、千波を甘やかすことにした」

「え？」

くすっ、と喉の奥で笑って言われた言葉に、千波はちょっととまどう。

「千波を…、甘やかさせてくれよ。いっぱい。……な？　好きなだけ俺にワガママ言っていいから」

「依光…？」

指先が優しく、千波の前髪を撫で上げていく。

「俺に頼ることがなくても…さ。でもその代わり、千波が甘えるのは俺だけにしてくれ。いつでも…、どこへでも行くから。好きなだけ甘えていいから。だから、俺だけに甘えてくれよ」

「依光……」

そんな言葉に胸がつまる。

今でさえ……どれだけ甘やかしてもらっているかわからないのに。

こぼれ落ちそうなものを必死にこらえ、千波は大きく息を吸いこむ。そしてそっと微笑んだ。

「俺を甘やかしてくれるんなら…、俺の言うこと、何でも聞いてくれるんだよな……？」

ちょっとかすれた声で、少しからかうように尋ねてみる。

「いいよ。なんでも」

自信たっぷりに、依光が笑う。

「すごいワガママ、言うかもしれないぞ……？」

「なんなりと」

芝居っけをにじませて、うやうやしく千波の手の甲に唇をつける。

その答えに、千波はそっと身体を起こした。ジャケットを脱ぎ、床へ落とすと、依光の片膝に手をかける。

「千波？」

予想外の動きなのだろう。怪訝な顔をして、依光が千波を見上げてくる。

千波はそのまま力をかけて男の足を広げるようにすると、その間に身体をねじこみ、膝立ちになって、じっと男を見下ろした。

「おまえの……、くわえさせてくれ」

「え…？」

さらりと言ったその言葉に、依光の表情が一瞬、固まる。穴の空くほど千波の顔を見つめて、そしてとたんに我に返ったようにあたふたと視線をそらした。

「いやっ、それは……おまえ」

こんなに驚いた依光の顔を見るのは初めてのような気がして…、千波は少し、楽しくなる。

あわてて足を引っこめようとしたのを許さず、力をこめてさらに男の足を開かせると、わずかに奥までつめよった。

「ダメなのか？」

首をかしげて聞いてみると、依光がさらにあせったようにうめく。

「そ、そんなことは……ないけどさ」

「……なんなら、可愛くおねだりしてみようか？」

「か…可愛く？」

ゴクリ、と依光の喉が鳴る。

「そ…それはすごいうれしい……けど」

困ったように、依光ががしがしと頭をかく。

「けど？」

「おまえが……そんなことをする必要はないよ」

なんとか上体を起こし、ベッドの片側の壁に背中を預けて、大きな息をつきながら依光が言う。

「どうして？　おまえはいつもしてくれてるのに？」

「いや、それは……。ただ俺がしたいから」

「俺もそうだよ」

「千波……」

揺れるようにとまどった瞳が千波を見つめてくる。困ったように片手で額を押さえた。

千波は腕を伸ばして、依光のベルトに手をかける。

わずかに、依光が息をつめるのがわかった。千波はそのままベルトを外し、ツッ…とファスナーを引き下ろす。

ボクサーパンツの中に息づく、男のふくらみに目が奪われる。ドクッ…、と身体の奥で大きく心臓が鳴って。

身体のあちこちでざわざわと何かが騒ぎ始めた。やはりちょっと気恥ずかしくて…、顔が赤らんでしまう。

「千波」

それでも息を吸いこんでようやく伸ばした千波の手が、寸前でぎゅっとつかまれる。

「ホントに…、無理、しなくていいから」

ふっと顔を上げると、依光が心配そうな目で見つめていた。

「無理じゃないよ」

千波は顔を上げ、小さく微笑んで……、身体を伸ばすと、そっと依光の唇にキスした。その表面を舌先でなめるようにして。

「千波…」

思わず、というようにつかまれた手が離れる。

本当に、いつも与えてもらうばっかりだった。身体にも、心にも。

千波は一つずつゆっくりと、男のシャツのボタンを下から外していく。前をはだけさせると、引き締まった肌が現れて思わず息を飲む。

そっと手を伸ばし脇腹に触れた瞬間、ビクッ…、と依光の腹が収縮した。喉の奥で低いうめき声を噛み殺している。

確かめるように手のひらでやわらかく腹筋を撫で、下着を押し下げるようにして、中のモノをとり出した。

「う…っ」

触れた瞬間、依光が小さくうめく。

「千波…！」

身をかがめ、顔を近づけると、切迫《せっぱく》した声が響き、今度はかなり強い力で髪がつかまれる。

しかし、不快感はなかった。

「依光が……好きだよ」

引かれるままに男を見上げて、千波は静かに言った。

「愛してる」

「千波……」

呆然と、しかし何かを問うような、熱い眼差しが千波を見つめてくる。

その視線を感じながら、千波は男の中心に顔を埋めた。

自分が男たちの汚れた欲情の対象になったことも、そのモノを無理やり口にねじこまれ、しゃぶらされたことも、まだ記憶に残っている。――いや、刻みつけられている。

その生温かい感触や、匂いや、胃がむかつくくらいに苦い味。痛みと息苦しさ。

そんなものが、何かの拍子《ひょうし》に皮膚感覚としてよみがえってきて、ゾッ…、と鳥肌が立つ。

それがわかっているから、依光は決して、千波にさせようとはしなかったのだろう。否応《いやおう》なく、思い出させるから。

それでも……何が違うのだろう？

こうして依光のモノに触れ、間近に見て……締めつけられるように愛《いと》しいと思える。思わず微笑んでしまうくらいに。

いや、笑ってしまうのは、依光には失礼なことなのだろうけど。

千波はまだ力ないモノをいっぱいに含み、口を使ってしごいていった。初めはゆっくりと、だんだんと速く。強く。

依光の息遣いが乱れ、舌にあたる感触が少しずつ硬くなってくるのがわかる。舌を巻きつけるようにして何度もしゃぶり上げ、喉の奥まで飲みこんでいく。片方の手で下着を押しのけ、根本のあたりをこするようにして刺激する。その奥で揺れる二つの球も指で確かめて。

「く…っ」

ビクッ、と男の腰が震えた。

口の中のモノはあっという間に大きく成長し、次第に息苦しくなってくる。

飲みこみきれない唾液が次々と唇の端からこぼれ落ち、男のにじませた先走りと一緒になって張りつめた茎を伝っていく。

「千波……っ」

髪にかかっていた依光の指の力が痛いほどに強くなり、揺れる腰に合わせて引きよせられる。

千波はいったん男を口から出すと、大きく息を継いだ。

唾液に濡れた依光のモノはすでに硬く、天を指してしなり返っている。

千波はそれを片手に収め、根本から舌を這わせていった。やわらかな球を口にくわえたあと、指先でもむように刺激しながら、硬い茎をなめ上げていく。

くびれを舌先でなぞり、先端をしゃぶり上げて。小さな穴から止めどなく蜜がこぼれ、千波はそれを丹念になめとって、さらにきつく吸い上げる。

顎がだるくなり始めていたが、それよりも自分の口でこれほど感じている依光が愛しくて。うれしくて。

本当はあまり…、うまくはないのだろうけど。

「……くそ……っ」

ガクガクと依光の腰が揺れ、押し殺したような声で低くうなった。

そして次の瞬間――。

「あ…っ」

腕がつかまれ、身体が押し倒されて、あっという間に体勢が入れ替わっていた。

荒い息をつきながら、依光が食らいつくような熱い、潤んだ眼差しで見下ろしてくる。

いつにない、そんなせっぱつまった依光の表情が甘く胸をくすぐる。

「気持ち、よかったか……?」

手を伸ばして男の頬を撫で、小さく笑って尋ねた千波に、依光がうめくように言った。

「よすぎるよ……。マジ……、やばい……」

かすれた、余裕のない声。

「……けど、やられっぱなしはあんまし、得意じゃないみたいだ」

そんな言葉に、ぞくり…、と身体の奥が疼き出す。

これから与えられるものを……予感して。

依光が千波の首筋に顔を埋めるようにして、ゆっくりと頬に、そして耳に、唇を這わせてくる。舌先が肌に触れ、つっ…となめ上げられて。

「こんなに煽《あお》られたら…、一晩じゃすまねぇぞ?」

片手で千波のシャツのボタンを外しながら、そっと、脅《おど》すように耳元でささやいた。

「時差ボケがなくていいかもな…」

全身にかかってくる男の体重を受け止めながら、千波はひっそりと笑う。

「ん……」

足をからめ合い、深く唇を重ね合って。飽きずにおたがいの舌を味わう。

はだけさせたシャツをくぐって、男のざらりとした手のひらが千波の胸を撫で上げた。

「……はっ……ぁ…」

ざわり…、と背筋を伝うように痺れが走り、千波は男の腕の中で大きく身体をしならせる。

依光の指先が胸の小さな芽をいじり、ぷっつりと芯を立てたものを押しつぶすようにして刺激する。唇に含まれ、舌先で転がされて。唾液をからませてから、もう一度指で愛撫された。

「くっ……――あっ…あぁぁ……っ!」

さらに敏感になった乳首がきつくこすり上げられ、軽く歯を立てられて、こらえきれず千波の身体が大きく跳ね上がってしまう。

そしてそれと連動するように、ドクッ…、と下肢が熱くなった。

ビクビク…と焦れるように腰が揺れ、無意識に依光の足に押しつけてしまう。

「胸、弱いな……」

喉の奥で笑って耳元でささやかれ、カッ…、と千波の頬が赤くなる。

思わず涙目でにらんだ千波に、依光の手がするりと動いて、ジーンズ越しに中心をグッとつかんだ。

「あっ…」

ズキッ、と走った刺激に、思わずうわずった声がこぼれ落ちる。

ベルトが外され、ファスナーが引き下ろされて、そのまま下着ごと脱がされた。

無防備に、頼りなくさらされた下肢を正視できず、千波は唇を噛んだまま、無意識に両腕で自分の顔を覆う。

「千波……」

優しく名前を呼びながら、依光の手がやわらかな内腿を撫で、軽く膝を開かせる。両膝を立てさせられて、その間に依光の身体が入りこんできた。

男の目の前に自分の中心がさらけ出されているのがわかる。

それも…、胸への刺激だけですでに恥ずかしく形を変えているモノが。

依光の手がそれにからみつき、そっとこすり始めた。

手慣れた様子で根本から先端までしごき上げ、爪の先でくびれを刺激し、蜜をにじませた先端を丸く指の腹でもみしだいていく。

「あぁ…っ！　あっ…あっ…あっ……！」

その動きに合わせてどうしようもなく腰が揺れ、千波は喉をのけぞらせてあえいだ。

そして両膝の裏に手をあてがわれ、軽く押すようにして腰が浮かされて、あっと思った時には千波のモノは男の口の中に含まれていた。

温かく湿《しめ》ったものに包みこまれ、丹念にしゃぶり上げられる。きつく、弱く、口でしごかれ、筋に沿って舌でなめ上げられて。

まるで仕返しをするみたいに、執拗に愛撫される。いやらしく濡れた音が耳につく。

男の口の中で、千波のモノはあっという間に硬く張りつめていた。

いったん口から出し、依光が長い息を吐く。唾液と蜜に濡れ、天に向けてそり返しているモノを満足そうに指でなぞる。

「あ…ぁ……」

その刺激にも、ビクビク…と千波は腰を震わせた。

さらに依光は千波の腰を浮かせると、今度は根本から奥へと舌先を這わせていく。

細い道筋を丹念に濡らし、軽く唇でついばんで。

「……あ…っ…、ダメ……っ」

だんだんとその部分に近づいていく気配に千波は思わず口走るが、依光は吐息で笑っただけだった。

ほとんど両足が男の肩にかかるくらいに持ち上げられ、固い指先が奥の入り口を押し開く。

「あ……」

息が吹きかけられ、そこが見つめられていることを教えられて、カッ…、と全身が熱くなる。

「あぁぁぁぁ……っ！」

ついで濡れた舌先にすぼまった中心をなめ上げられて、たまらず腰が跳ね上がってしまう。それが押さえこまれ、むさぼるように愛撫された。

ヒクヒクと収縮する襞の一つ一つに唾液がからめられ、たっぷりと濡らされていく。溶けた入り口が指先に押し開かれ、中の薄く色づいた部分がさらけ出されて、さらに男の舌に味わわれる。

「く…っ、……ふ…っ…、ん……っ」

千波は無意識にシーツを引きつかみ、身をよじって、溺れそうになる意識を引きもどそうと必死にこらえた。

舌先をねじこむようにしてさんざん中を味わったあと、依光がようやくそこから顔を離す。手のひらで唇をぬぐい、ハァ…、と大きく息をついた。

ぎゅっと目を閉じたまま、しかし自分は欲情した顔をしているのだろう。

「千波…、いっぱい……感じてくれよ」

優しい声が耳元でささやくと、さらり、と指先が髪を撫でる。そしてその指が肌をたどり、そのまま後ろへとあてがわれた。

ヒクついている襞をかき乱し、ゆっくりと中へ沈めていく。

「あ……」

そっと、何度も抜き差しされ、大きくまわされて。

痛みはなかった。ただ甘く、疼くような陶酔《とうすい》が体中を包みこむ。

その指が二本に増え、根本まで埋められて、中がかきまわされた。片方の指先が、千波が一番感じるポイントを的確に突き上げてくる。

「ひ……っ、あ……、あぁっ…、あぁぁ……っ」

うわずったあえぎがこぼれ落ち、いっぱいに張りつめた千波の前からはポタポタと蜜がこぼれて自分の腹を汚している。

するといきなり指が引き抜かれ、もう一度、舌先でくすぐるように入り口が愛撫されて。

思い出したように、依光の手が千波の前をこすり始める。

「よ…り…みつ…っ、依…光…！　もう…っ、もう…っ……！」

じんじん…、と身体の奥から湧き上がった疼きが全身を冒していく。指を与えられていた場所が、その喪失感《そうしつかん》にうごめいてしまう。

とてもこらえきれなかった。前も後ろも、もとの形がわからないくらいに溶けきって、自分がどんな嬌態《きょうたい》をさらしているのかもわからない。

「もう…っ、いれ…て……っ！」

渇望《かつぼう》が口をつく。

「千波……」

低く、かすれた声が耳に届いた。そして性急に腰が引かれると、後ろに硬い切っ先があてがわれる。

「いいか……？」

先端だけもぐりこませるようにして、ギリギリのところで尋ねられて。

「……早く……っ！」

喉をのけぞらせてあえいだ瞬間、グッ…、と熱く重い質量が身体の中にめりこんでくる。

「ふっ…、——あっ…あぁぁぁ……っ！」

貫《つらぬ》かれ、奥まで突き上げられて、千波の身体が波打つようによじれる。

その腰が強い力で腰が押さえこまれ、引きよせられて、激しく揺さぶられた。何度も突き入れられ、つながった腰が大きくまわされる。

「あ…あ……、……い…い……っ、いい……っ！」

自分でも何を口走っているのかわからないまま、千波はあえいだ。

快感の渦に飲みこまれる。肉体も、意識も。

「ごめん……、出す……！」

せっぱつまった依光の声が、遠くに聞こえた。

そして次の瞬間、深く、一番奥まで突き入れられ、千波は自分がどんな声を上げたのかもわからないまま、一気に昇りつめていた。

低くうめいて、依光が中へ出したのを感じる。

温かい迸《ほとばし》りが、身体の奥を満たしていく。

しばらくはおたがいの荒い吐息だけが、静かな空間を満たしていた。

力を失い、ぐったりとベッドへ倒れこんだ千波の身体から、やがて依光がゆっくりと自分のモノを引き抜く。

「あ……」

その感触に、千波は一瞬、息をつめる。ゾクッ…と肌が震えてしまう。

依光が大きく息をつき、千波が男の腹に散らしたものを、枕元のティッシュでぬぐいとった。

そして熱く湿った身体を重ね合わせ、おたがいの目をのぞきこんで、……千波は男の肩に深く顔を埋めた。背中に腕をまわし、きつくしがみつく。

依光の腕も千波の背中にまわって、強く引きよせてくれた。

「大丈夫か…？」

そしてそっと、うなじのあたりで千波の髪を撫で、依光が心配げに尋ねてくる。

「大丈夫だよ…」

余韻にまどろんだまま、小さくつぶやくように千波は答えた。

依光の指がなだめるように千波の背中を撫で下ろし、丸くやわらかな山をたどって、谷間へとすべり落ちてくる。

「ん…」

まだ熱く潤んだままの敏感な部分に触れられて、千波は小さく身体をうごめかした。

「中…、そのまま出しちゃったな……」

ちょっと困ったようにつぶやかれ、しかし言われると、よけいに恥ずかしい気がする。

「いいよ…」

そう言った千波に、依光はそっと、二本の指でまだやわらかな入り口を押し開いて、中へ含ませてくる。

「……ん……っ」

依光の腕の中で、千波はわずかに身体を緊張させる。

「より…みつ…っ」

拒もうと引き締めた腰はわずかに遅く、依光の指は根本までもぐりこんだ。そして、二本の指で自分が中へ出したものをかき出し始める。

「あっ…」

中で動かされ、こすり上げられるその感触に、危《あや》うい声がこぼれ落ちた。

無意識に男の肩に爪を立てたまま、千波は腰を男の足に押しつけてしまう。だんだんと焦れるような疼きが広がってきて、千波は顔を男の胸に埋めたまま、無意識に身体を揺すった。

ドクドク…、と、再び前が高まってくるのがわかる。さっき…、出したばかりなのに。

「千波…、いいよ」

その変化に気づいたらしい依光が優しくささやき、そっと千波の前に指をからめてくる。後ろの指と動きを合わせるようにして、強弱をつけてしごき始めた。

「や…、あ……、……あぁ…っ…、あ…っ…!」

喉をあえがせながら千波は何度も首をふったが、身体の方はあっという間に際まで追い上げられていく。

先端から蜜がにじみ出し、それが指先でぬぐわれて、すでにしなり返している千波のモノに塗りこめられた。

中に出されたものをかき出した指が、ついさっきはもっと太いモノでこすられて敏感になっている中を、大きくまわすようにして刺激する。

「ダ……メ……、も……」

千波は熱い吐息を吐き出しながら、依光の肩にしがみつくようにしてあえいだ。

「千波…。すげ…、カワイイ……」

喉の奥で、依光がクッ…、と笑う。

それが恥ずかしくて。しかし、そんな言葉がさらに身体を高めていく。

「ほら…」

依光が前と後ろをなぶる指の動きをさらに激しくした。

ぞくっ…、と一気に痺れが走り抜ける。ぶるっと身震いし、肌が粟立つ。

突き上げられ、こすり上げられて。先端がきつくもまれて。

「あっ…、ん…っ…、あ…あぁぁぁぁ——……っ！」

依光の指をすごい力で締めつけたまま、こらえきれず、千波は男の腕の中で身体をのけぞらせるようにして再び達していた。

一瞬、意識が飛び、頭の中が真っ白になる。

やがて自分の唇がつむぐ荒い息が耳に届き、他のどんな場所よりも温かい、依光の腕の中にいるのを思い出す。

節操《せっそう》なく千波が男の手の中に吐き出したものを、依光がティッシュで拭《ふ》きとった。

「いやらしい……身体なんだろうな……」

ぼんやりとそれを見ながら、千波はぽつりと自嘲気味につぶやいた。

こんなに何度も。

――だから……、つけこまれる隙があったのだろう。

「俺もだよ」

しかしそれに静かに笑って、依光が言った。

千波の手をとって、自分の下肢へと押しあてる。あ…、と、千波は一瞬、顔が赤くなった。

依光の中心で、ソレがわずかに形を変え、ドクドクと脈打っているのがわかる。

「一緒だ」

そんな声がくすぐったく胸に落ちてくる。

「ずっと…、一緒だから」

誰に、何を言われても。陰口をたたかれても。指をさされて嘲笑されても――。

依光のそばにいる限り、まっすぐに前を見て歩いていける。

喉元までこみ上げてくる熱いものに、千波はただ男の胸にしがみつくことしかできなかった。

「千波…、約束、しようか」

と、ふいに依光が言った。

「え…?」

とまどった千波に、依光が微笑んで続けた。

「毎日一回、おたがいに、好き、って言うんだ。どんなにいそがしい日でも…、ケンカした時でも、会えなかった日でも。電話ででもさ…」

——好き……。

と、たった一言。

しかし、なによりも甘い、強い言葉だった。

「そうしたら、きっと、全部がうまくいくよ」

その言葉一つで幸せになれる。体中が優しさに満たされる。

そう…、どんな恐怖も乗り越えられる。強くなれる。

愛されていると——確かめられる。

うん…、と千波は小さくうなずいた。ちょっと、くすぐったいような、恥ずかしいような気持ちで。

依光が口元で笑う。うれしそうに。

そっと、千波の鼻先になめるようなキスをくれた。

——そして。

「好きだよ…、千波」

大きな腕の中に千波の身体を抱きしめて。髪を撫で、耳元にささやく。

その温もりに包まれて、千波はようやく帰ってきたのだとわかった。
日本に、ではない。この男のところに、だ。
たった一人。
自分だけの「正義の味方」の腕の中に――。

end.

クランクイン

飛行機を降りて、千波《ちなみ》は小さく息をついた。

今年の日本は暖冬のようだが、それでもやはり、西海岸よりは少し肌寒い。

前回帰国したのは、『ADⅡ』の撮影がクランクアップした直後の十一月中旬だった。ひさしぶりに秋の日本を見て…、なんとなくしみじみとしたものが胸に迫ってきた覚えがある。たまたま京都《きょうと》の方でのんびり過ごした、ということもあるのだろうが。

それからほんのひと月ほど。それでも、少しずつ季節が動いているのを感じる。

アメリカにいた時は……毎日が必死だったせいもあるのだろうが、暑いか寒いかくらいしか考えることはなかったのに。

預けた荷物もなく、パスポートと財布、そして携帯を入れただけの小さなショルダーポーチを肩に引っかけて、千波は空港内を進んでいった。

昔は煩雑《はんざつ》だと思えた入国審査や手荷物検査も、このくらい何度も行き来すればさすがに慣れてしまう。空港の使い方——最短ルートになる出口とか、目立たずに時間をつぶす場所とか、ATMとか。そんな場所も覚えてしまって。

それでも大荷物を抱えた旅行帰りの人々や、出迎え、ビジネスマンらしいスーツ姿の外国人たちで溢《あふ》れるロビーの中を、千波はいくぶん足早に通り抜けた。

変装というほどではないが、薄手のマフラーを口元まで巻きつけ、地味なダテ眼鏡《めがね》を鼻にのせて。

神経質になることもないのだろうが、やはり成田《なりた》だと芸能関係の記者がうろうろしている確率は高い。前回、出国した時には有名なプロスポーツの選手と便が近かったらしく、ロビーはレポーターとファンでものすごい騒ぎだった。

……まあ、それはそれで他に注意が向かなくて楽ではあったが、しかし微妙なところで時間がずれていればかえって面倒なことにもなりかねない。

タクシーに乗りこんで、千波はようやくホッと緊張を解いた。

そろそろ慣れないとな…、とは思うのに。

こんなにビクビクしていてはまともに映画など撮れるはずがない。自分の納得できるものは。

そして、他人を納得させられるだけのものは。

『ねじ伏せてやればいい』

そう、木佐《きさ》監督には言われた。

先月帰国した時、千波は木佐や前回の『トータル・ゼロ』で主演を務めた野田司《のだつかさ》とも会った。

預かった脚本の返事を持って。

――本当に俺でいいんですか…?

と、木佐にも、そして野田にも、千波は尋《たず》ねた。その時に木佐に言われたのだ。

『当然、誰もが思い出すだろう。依光《よりみつ》も出る。どうあがいてもイロモノに見られる分、おまえにとって厳しい状況になるのは間違いない。だがそんな連中は全部、作品でねじ伏せてやればいい。結局、役者の勝負する場所は作品の中だ』

今でも目を背《そむ》けたくなるあの事件が、乗り越えられる痛みなのか――自分でもわからない。

だがそれはドラマではなく、自分の人生の中で起こったことだった。

理不尽《りふじん》な思いはある。なぜ自分が――、と。

それでも、理不尽な痛みに苦しんでいるのは自分だけではないのだ。

『起きてしまったことをなかったことにはできないのですから。それをプラスにするかマイナスにするかはそれからの自分次第です。……千波はそのことをよくわかっている』

クレメン監督の言葉が耳に残る。

よくわかっている――、とはとても言えないが、それでも依光や花戸《はなこ》や、木佐監督や…、たくさんの人たちが自分のためにしてくれたことを、ムダにすることはできなかった。

これからが正念場《しょうねんば》なのだろう。……その千波の評価が作品に――そしてそれに関わった人たちにも、はね返っていく。監督や、キャスティングをしてくれた人や、共演者や……スタッフにも。

ぶるっ…、と、知らず震えが走った。

木佐の新作、そして初めての「続編」になる今度の映画の製作発表は、今月末には行われる予定になっている。今のところ、新作というだけでメディアにもくわしい情報は流されていなかったが、それに出ると、もう逃げることはできなくなるのだ。

二年ぶりに日本でメディアの前に顔をさらし、どんな質問にも受けて立たなければならない。

あの時の…、裁判所での赤裸々《せきらら》な、屈辱的《くつじょくてき》な証言――それを逐一《ちくいち》文字に起こし、映像に焼き直すメディア。その狂騒《きょうそう》が脳裏《のうり》によみがえる。

人の持つ残酷《ざんこく》さと、脆《もろ》さ、そして愚《おろ》かさを教えられた。

くり返されるかもしれないあの痛みに、耐えられるのだろうか――。

気持ちは決めたものの、自分でも正直、わからない。

車窓を流れる景色を眺めながら、千波は小さく息を吐くと、思い出してポーチから携帯をとり出し、ようやく電源を入れた。

今回の帰国については、依光にも言っていない。渡米していたのは、『メゾン・ナイン』でニューヨーク映画批評家協会賞の助演男優賞をもらい、その授賞式のためだったが、そのあとアメリカのエージェントとの打ち合わせが一段落したら帰る、と伝えていたくらいだ。

ほどなく着信音が鳴り、たまっていたらしいメールの表示が出る。

依光とは電話で話すことが多いので、時間や場所などの覚え書き代わりにするくらいしかメールでのやりとりはなかったが、エージェントからのちょっとした連絡事項や、アメリカの友人からのたわいもない内容。花戸からも細かい確認が入っている。

以前に住んでいたマンションは二年前、渡米した時に解約したのだが、その手配と残した荷物の保管も花戸に頼んでいた。

この先、日本での仕事をどれだけやっていけるかはわからなかったが、……それでも、帰ってくるのは日本だった。

依光のいるところだ。

それならば関西に落ち着く場所を構えた方がいいのかもしれないが、そちらにはとりあえず、依光の部屋もある。依光も東京《とうきょう》での仕事は多いし、やはり泊まっていける場所があった方が便利だということで、千波がマンションを借りることにしたのだ。

場所にこだわりはなかったが、基本的なセキュリティや環境は考えた方がいい、ということで、花戸がちょうど空きの出た自分のマンションに一部屋、押さえてくれていた。弁護士や会計士、司法書士といった比較的堅めの職業に就《つ》いている住人が多いらしく、マスコミも押しかけにくい雰囲気があるようだ。

千波としては、花戸には世話になってばかりで申し訳ないな…、と思いながらも、いろいろと便利で助かるが——やはりいない間の郵便物とか——依光は微妙に居心地が悪そうだった。

どうやら花戸は依光のマネージャー業を本格化させたらしく、同じ建物に住むとなると、どうにも手綱《たづな》を握られてる気分になるらしい。今でも東京の宿は花戸のところのようだから、同じことだろう、と思うのだが。

細かい事務手続きは任せていて、すでに部屋は使えるようにしてくれていたが、入っていたメールはそれに関するいくつかの確認事項だ。

そして、もう一つ——智《とも》くんからのメールが入っていた。

加地智郁《かじともふみ》という、「チャコール・メローイング」という名で活躍しているバンドの、ボーカルをしている子だ。

いや、もう「子」という言い方は正しくないのかもしれない。

出会った時は十代で、まだいくぶん子供っぽさも残っていたが、今はもう二十歳《はたち》を過ぎ、メジャーデビューして三年目。この間テレビで見かけた時には、やはり少しおとなっぽく、第一線のミュージシャンとしての落ち着きと自信が身につき始めているようだった。……それでも素直で、まっすぐなところは変わらないままに。

京都にある老舗《しにせ》の料亭《りょうてい》の息子で、依光とは古くからの知り合いだったようだ。

千波のファンだ、と言ってくれた智郁は、大切なデビュー曲となった「ラブシーン」のプロモーションビデオに、二年前、センセーショナルな「暴行」事件の渦中《かちゅう》にあった千波と、そして依光との二人を使ってくれた。

――タイトル通りの「ラブシーン」を。

名前は出さなかったが、撮ったのは木佐だった。

これが本当の千波の顔だ――、と。本当に自分の意思で、好きな相手に抱かれている時の。

興味本位に、口さがなくはやし立てる世間に向けて、そんな依光の言葉にしないメッセージだった。

ラストの、ほんの十数秒だったが、そのPVは大きく話題になった。

依光の意思――覚悟を示したその映像は、千波にとっても、もう一度、前へ足を踏み出す勇気をくれた。

さすがに恥ずかしいので、千波がそのPVが収録されたDVDを見ることはあまりないが、……それでも、アメリカで一人きりで、すべてがうまくいかず、投げ出したくなった時には何度か見た。

この頃の、どん底にいた時の自分と比べれば、歯を食いしばってでも食らいついていけた。そして自分を支えてくれた依光の姿に、一人で戦っているわけではないことを教えられて。

智郁のその曲自体は、本当に何度も、くり返して聴いていた。……自分に、立ち上がる力が欲しい時に。

千波が帰国してから直接連絡をとった人間は多くはなかったが、智郁はそのうちの一人だ。

『千波さーん！　帰ってきたら連絡くださいよ～。今度は会えますよね？　ちょっとは長くいられます？　ライブをやるんでチケット送りますね』

小さな画面には、そんな元気な文字が並んでいる。前回帰国した時にはあまり時間に余裕もなく、千波がずっと京都の方で過ごしたこともあって、帰国したことを知らせてはいても智郁の顔を見ることができなかったのだ。

千波は微笑《ほほえ》んで、ちょっと考えてから返信を打った。

『ただいま。今、成田から都内に入るところ。今度は会えると思うよ。ライブはいつ？　新しい住所も知らせるからね』

電話の着信メロディが鳴り出したのは、そのメールを送信したほとんど直後だった。携帯をポケットに入れ直す間もない。

タイミングに驚いて相手をチェックすると、智郁からだ。

メールに反応が早いのはさすがに若いせいかな…、といささか年寄りめいたことを考えながら、千波は電話に出る。

『千波さんっ？　帰ってきてるんですかっ？』

もしもし、と言った瞬間、智郁のわずかに高い声が耳元で弾《はじ》けた。

「うん。ひさしぶり。元気そうだね」

『依光さん、そんなこと全然言ってなかったのに。東京に出てきてて、さっき会ったとこなんですよ。ひどいなぁ…。もうすぐ帰るんじゃないか、って、テキトーなこと言って』

穏やかに答えた千波に、智郁が納得いかないようにぶつぶつと文句を垂《た》れる。

「ああ…、依光には今日帰ること、言ってなかったんだよ。だから。……ごめんね」

千波はあわててあやまった。

自分の知らないところでごまかしたように思われては気の毒だ。

『えっ。そーなんですか？』

智郁が声を上げる。

「たまにはいきなり帰っておどかしてみようかと思って」

『へぇ…』

そんな千波の言葉に小さくつぶやくと、智郁がちょっと考えるようにして言った。

『今、千波さん、都内なんですよね？』

「そろそろじゃないかな」

『じゃ、今から直接、スタジオに遊びに来ませんか？』

「え？」

いきなり電話越しに勢いこむような様子で言われて、千波は一瞬、言葉につまる。

『依光さん、これから生番に出るみたいなんですよー。驚かすんなら絶好のタイミングでしょ？　こっそり観覧させてもらいませんか？』

「いや…、でも」

生番組の観覧？

まあ、確かに依光なら、ドラマの番宣とか、ゲストとかで出る機会もあるのだろうが…。

さすがに千波はとまどった。

どこかの局のスタジオだろうか。あの事件以来、裁判所やマンションでレポーターに囲まれたことはあるが、自分からテレビ局に近づいたことはない。

正直、今でも抵抗はあるが……、しかし。

『……テレビに映ることはないと思いますけど……、やっぱりまずいかな』

あ、と思い出したように、智郁が小さく言葉尻を濁す。

さすがに見つかったら騒ぎだろう、と思いついたようだ。

千波はそっと息を吐いた。

確かに気後《きおく》れはするし、……恐くもある。だが逃げまわってすむことではなかった。この先、この世界で生きていくのなら。

遅かれ早かれ行かなければならないし、かつての知人たちの好奇《こうき》や哀れみや嫌悪《けんお》、そして侮蔑《ぶべつ》の目にさらされることになる。

千波はそっと息を吸いこんだ。

いい機会なのかもしれない。――自分のために。

大きな騒ぎにならないように気をつければ、テレビ局の空気を思い出すにも…、慣れるためにも、いいだろうか。生で番組を見るのは。

そんなふうにも思う。

それに、ドラマではなくても、依光が生で出ているのを見られるのは、やはりうれしい。

「時間、まだ間に合うかな？」

そんなふうに尋ねた千波に、大丈夫ですよ！　と、わくわくした声で智郁が返してくる。

楽しそうだ。確かに、本番中にもし依光が千波の姿を客席に見つけたら、それは驚くだろう。

生番組の中でどんな顔をするのか——どんなふうにとり繕《つくろ》うのか、千波も想像すると楽しくなってしまう。

本当に、依光にはいつも驚かされてばかりだから……たまにはこっちが驚かせてみたい。

『あと一時間かかりませんよね？　着いたら携帯に連絡ください。俺、迎えに出ますから』

「わかった。ありがとう」

さすがに今の千波に顔パスは無理だろう。日本で仕事をしていないのだから。

場所を確認して電話を切り、運転手に行き先を変更する。

かすかな動揺…、と、不安の波が身体の中を押しよせてくる。

かつてあたりまえのように自分に向けられていた信頼や、期待や、敬意や。そして、自分への自信。

それをとりもどすことはできなくても、一つ一つ、また積み上げていかなければならない。一人一人、納得させていかなければならない。

これが今の自分だと——見せていかなければならない。

そっと息を吸いこんで、千波は身体の中で揺《ゆ》れる波をゆっくりと鎮めていった――。

何度も訪れたはずのスタジオが、よそよそしく見慣れぬ顔で千波を出迎える。

いそがしそうに段ボールを抱え、脇を走り抜けていく若いADらしい男を背中でやり過ごしていると、入れ違いに正面玄関からスレンダーな体つきの青年が走り出してくる。

きょろきょろとあたりを見まわして、すぐに千波の姿を認め、大きく手をふりながら駆け足で近づいてきた。

「千波さんっ！」

飛びついてくる勢いで、がばっと腕をとる。

大きな丸い目もやわらかな茶色の髪も、相変わらず仔リスのようで、千波はちょっと微笑んだ。それでも単にカワイイ、という雰囲気は抜け、すっきりとした青年の顔になっている。

小柄だがパワフルなボーカルで、デビュー以来順調に支持も伸ばし、女性からの人気もなかなかに高いようだった。特にお姉サマたちからのな、と依光などは笑っていたが。どうやら、年上キラーらしい。

「よかったぁ！　元気そう」

丸い目をさらに大きく見開いて、うれしそうに千波を見上げてくる。無邪気なところは変わらない。

「智くんもね。CD、ありがとう。聞かせてもらってるよ」

「髪、ちょっと伸びたんですね。すごい…、パッと見、ぜんぜん印象が違うや。眼鏡、ダテですか？　でも似合いますね」

マジマジと千波を見つめ、智郁が目を瞬《またた》かせながら、つぶやくように言った。

「ありがとう。……智くんもしばらく見ないうちにカッコよくなったね」

「ハハハ…、依光さんには相変わらずいじめられてますけどねー。千波さんはなんか、すっごい貫禄《かんろく》…みたいの？　出た感じかなあ。なんか、びっくりしちゃった」

どこかまぶしそうな目で言った智郁に、千波が首をかしげる。

「貫禄？　太ったかな？」

「や、そういう意味じゃなくて。落ち着いた、って感じかな」

そんな言葉に、二年前、智郁と最後に会った頃の自分は確かにぼろぼろで…、こんな年下の子にも頼りなく見えたのだろう、と思う。

智郁が首をふり、あ、と思い出したようにあわてて、千波の腕を引っぱった。

「そうだ。急がなきゃ。終わっちゃう」

「ああ…」

なかば引きずられるように、千波は智郁と玄関を抜けていった。

顔は伏せ気味だったが、智郁と一緒ならバンド関係か、……どちらかといえば事務所の人間のように見えるのだろうか。いそがしそうに足早にすれ違うスタッフからも注意を払われることはない。

ふっと無意識に緊張して、少し胸が苦しくなる。ほんの数年前までは見慣れていたはずの風景が、どこかスライドを一枚を挟《はさ》んで見るように遠い気がした。

——ここはおまえの居場所ではないのだ、と言われているようで。

「俺たち、今日はここで音楽番組の収録があったんですよ。したら、依光さんに会って」

迷う様子もなくまっすぐに目的の場所に向かって歩きながら、智郁が口を開く。彼の方は、逆にすっかり馴染《なじ》んでいるようだ。

「びっくりしたなあ…。ちょうど千波さんのこと話してて、もうすぐこっちに帰ってくるっていうから、じゃあ、メール打っとこ、って思って入れておいたんですよ。そしたら返事があって。しかも日本にいるっていうし」

どうやら、かなりいいタイミングでメールを受けとったらしい。

「あ、依光さん、今日は夜に放送する特番の宣伝で来てるみたいなんですけど。時代劇のスペシャルなんですよ」

「へえ…、今晩、あるんだ。言ってなかったな、あいつ…」

千波はわずかに眉をよせる。

まあどうせ、依光の出ている番組はすべてＤＶＤに落として花戸が送ってくれていたが。

「——あ、嶋内《しまうち》さん！　すみません、いいですか？」

と、一つのスタジオの前で足を止め、扉の前のスタッフ証を首から下げた男に智郁が声をかける。

千波より少し年上くらいの、千波は知らない顔だったが、ＡＤよりは立場が上の人間のようだった。

ディレクターか、構成作家か、もしかするとプロデューサーか。

まわりには七、八人、時代劇の浪人姿の男たちがいて、若いADらしい男が大きな身ぶりで最終的な段取りの確認をしている。

バラエティの企画だろうか。コーナーの途中で乱入する、というような。

よ、という気軽な様子で、嶋内と呼ばれた男が智郁に手を上げる。

「もうすぐ彼らがここから入るから、そのあと、そっと入るといいよ」

「ありがとうございます」

話は通しておいてくれていたようで、そんな言葉に智郁がにっこりうなずいた。そして、男がちらっと千波を眺め、「友達？」と聞いてきたのに、はい、とうなずく。

千波はあわてて挨拶《あいさつ》をするように頭を下げて、顔を伏せる。

嶋内は腕を組んだまま、ふーん、とうなずいただけだったが、……気がついたのかどうなのか、千波にはわからなかった。

見たような顔だな、とは思っても、業界のメンツの移り変わりは激しい。さして気にならないのかもしれなかった。

後ろから名前が呼ばれ、じゃ、またあとでねー、と軽く言って、何やら打ち合わせをしながら去っていく。

「顔が利《き》くようになったね」

それを見送って、千波はちょっと微笑んだ。

「バイトしてた時の顔ですけどね」

智郁がくすぐったそうに笑って、肩をすくめる。

そう、デビューする以前は、智郁はこの局でアルバイトをしていたのだ。

やがて、そろそろですから、と片手で扉を薄く開いたＡＤの声がかかる。強面《こわもて》の浪人姿の男たちがそれぞれに肩をまわし、腰の刀に手をかけながら、出のタイミングを待つ。

思い出したように、智郁がポケットにつっこんでいたキャップを深めに頭からかぶった。茶髪を隠すようにすっぽりと。

それはそうだろう。今なら、智郁の方が見つかったらファンの子が大騒ぎだ。

そして、お願いします！　の声で扉が開かれて、浪人たちが威嚇《いかく》の声を上げながら、いっせいにスタジオへ乱入していった。

中からどよめきや悲鳴、歓声が聞こえてくる。

様子を見ながら少し待って、観客の注意が前に惹きつけられているのを確認してから、千波たちはこっそりとスタジオへ入りこんだ。

スタッフのいる最前列の端っこへ、素早く腰を下ろす。

舞台上では乱入した浪人たちと、番組の出演者たちが入り乱れ、お笑い芸人たちが追いかけられて逃げまどう様子に、どっと観客から笑い声が弾ける。

にぎやかな、楽しげな空気が身体を押し包んだ。

出演者は千波も何度か一緒に仕事をしたことのある有名なＭＣと、千波も顔は知っているタレントの男女、見知らぬ若手のお笑い芸人らしい男が数人に、女優なのかアイドルなのか若い女性が一人いるのは、番宣に来ているというドラマの共演者だろうか。

二年いないと、テレビの顔ぶれはがらりと入れ替わる。……そう、自分もある意味、消えた一人なのだろうから。

「おいおい…、てめぇら！　ここをどこだと思ってやがる！」

と、見計らったように男が一人、出演者たちをかき分けるようにして前に出てくる。

――依光、だ……。

千波は思わず息をつめ、わずかに身を乗り出すようにして見入ってしまった。

さすがに今日は無精《ぶしょう》ヒゲでもないらしい。

コント仕立てだが、どうやらトークか、他のコーナーの合間に挿入された場面らしく、依光は普通のジャケット姿だった。

「依光さん！　たたっ斬ってくださいよ！」

浪人の一人に追いかけられて、合図のようにお笑い芸人のそんな声が飛ぶ。

スタッフからタイミングよく刀が放り投げられ、それを受けとった依光は、するり、と鞘《さや》を払った。

衣裳ではないのでちぐはぐな印象だが、それでもスッ…、と構えた姿勢や視線の強さに、ふっと空気が締まる。

出演者たちがいっせいに端《はし》に退いて舞台の真ん中を開け、バラバラバラ…ッ、と浪人たちが依光をとり囲む。どこかで聞いたようなお馴染《なじ》みの乱闘シーンの音楽が流れてきて、恫喝《どうかつ》するような声や気合いとともに浪人たちが次々とテンポよく依光に斬りかかっていく。それを薙《な》ぎ払い、押し返し、舞うように回転しながら狭いスペースの中で見事に呼吸を合わせて、依光が斬り伏せていく。きれいに効果音も入って、なかなかの臨場感《りんじょうかん》だ。

そんな立ちまわりを一通り披露《ひろう》して、数人が床へ倒れ腹を押さえてうめいたあたりで一段落、なのか。ＡＤがうながすように手をたたいたのに、客席からも大きな拍手が起こってきた。

それに応えるように依光が大仰《おおぎょう》に手を上げ、観客の笑いを誘ったところで、浪人たちからつっこみが入る。

「アニキ！　何やってんですか、アニキ！」

「依光のアニキはこっちに味方でしょう！」

そう、依光はたいてい悪役だから。

千波も思わず笑ってしまう。

「おお、そうだったな。こいつはうっかりしてたぜ」

思い出したようにおどけてそう言うと、依光はくるり、と今度は出演者たちの方へ向き直って刀を持ち上げた。

中央にそろいかけていた出演者たちが、再び声を上げてあわてたように逃げ始める。もちろん、このあたりも台本《シナリオ》なのだろう。

若い芸人が一人、背中から斬られて大げさな悲鳴を上げ、ぱったりと倒れたところで笑いが起きて、ＭＣがコマーシャルにふる。

切り替わったらしく、一気に舞台上の出演者の緊張も切れた。

スタジオ中が緩い雰囲気になり、観客たちもがやがやと声を出してしゃべり始める。浪人たちも、どうもー、とのどかに笑いながら帰っていき、依光と顔見知りも多いのだろう、途中で肩をたたき合ったり、短い雑談や挨拶を交わしている。

その背後ではバタバタとセットが交換され、次の用意を始めていた。

あわただしいテレビの風景だ。しばらくこんな空気も忘れていた。アメリカでもドラマのエキストラなどは何度かやったが、バラエティに出たことはない。

「依光さん、バラエティもうまいですよねえ…。掛け合いの呼吸とか、切り返しとか。結構、引っぱりだこみたいですよ。今はあんまりその手の仕事は受けてないみたいだけど」

智郁がこそっとそんなことを耳元でささやいてくる。

千波のいるあたりはカメラの陰にもなっているし、うろうろしているスタッフにまぎれているので、目の前にいても出演者たちからは注意して見ないとわからないのだろう。

千波は陽気に笑いながら出演者たちと語らっている依光の姿をじっと、目で追っていた。

よかった…、と思う。

自分とのことで、二年前、依光がどれだけ大変だったかは――わかっている、とはとても言えないが、想像はできる。

そして、そのあとも。

結局、自分は一人、アメリカへ逃げた。しかし依光は、日本にとどまったのだ。

千波がいなくなったあとも、しばらくはレポーターに追いかけられただろうし、ことあるごとに言われていたのだろう。

いや、今でさえ――。

依光自身、責められることは何もないはずなのに。

それでもこうして、堂々とテレビに顔を出し、まわりの人間からもきちんと評価されている。

まぶしいくらいにまっすぐな強さと――自信。

「本番、入ります！　十秒前！」

まもなく、スタッフの声がスタジオに飛ぶ。

客席のざわめきが次第に収まり、舞台の出演者たちも定位置につき始める。いくつものカメラがそれぞれの表情を狙う。

「……七…、六…、はい、五秒前です！」

カウントダウンされ、「キュー」の声が耳に入る寸前だった。

何気なくスタジオを漂《ただよ》っていた依光の目が、ふっと、こちらに向いた。

視線が交わる。

依光の目が大きく見開かれた。しかし、えっ、と思わず発したらしい声は、MCのコマーシャル明けの大きな第一声にかき消される。

日本にいた、というよりも、このスタジオの、自分が生で出ている番組の中に千波がいるのが、信じられないのだろう。

千波は口元で小さく笑って、肩のあたりで軽く指を動かす程度に手をふってやった。

しかし依光はこちらを凝視《ぎょうし》したまま、生本番に入っているというのに、一人、固まったままだ。

驚かせすぎたかな…、とちょっと心配になるほど。

「依光さーん！　本番本番っ」

「ボケてますかーっ？」

さすがに気づいたらしい他の出演者につっこまれる。ようやく我に返ったように、ハッと依光はそちらに向き直った。

「あっ…、いえ、すみませんー。会場にすごい好みの美人を見つけたんで、思わず見入っちゃってました」

ハハハ…、とほがらかに笑ってぬけぬけと言った男に、会場がどっと沸く。

「えっ、どこどこっ？」

若い芸人たちがいっせいに会場を探し始め、カメラも一台、パーンして客席を撮り出して、千波はあわてて顔を伏せた。

――バカ……。

頬が熱くなるのを感じ、千波は思わず内心で罵《ののし》る。

横で智郁が、くすくすと喉を鳴らした。

「いいんですかぁ？　恋人、いるんじゃないんですかぁ？」

「今、長距離なんでしょ？　たまにはねえ…」

にやにやと尋ねられたそんな声は、あてこすり、というよりは、冷やかしといった感じだ。やはり依光の人柄、だろうか。

かなりきわどいものではあるが…、しかし嫌がらせになりようがないのは、むしろ依光がオープンに、そしてひょうひょうとしているからなのだろう。

「うーん…、やっぱり好みのど真ん中だとね。ま、許してくれると思いますよ。……俺、信用ありますもん」

依光があっさりと笑い飛ばす。

「依光くんは男気、あるからねえ。その点、芸人はやっぱり遊んでる感じに見られんじゃないの？」

そんな話からMCがきれいに他の出演者に恋愛話を流し、それをエンディングのトークにして、番組もラストを迎える。

依光が若い女優と一緒にしっかりと今夜の番組を宣伝し、エンディングの音楽が流れ始めた。

無事に終わって、千波もなんとなくホッと息をつく。今日の依光のスケジュールは、このあとどうなっているんだろう…、とぼんやり思う。

今晩の番宣なら、まだ続けて生番組のゲストの予定が入っているのかもしれない。それか、京都の方に仕事があればすぐにむこうに帰るのかも。

スタッフが終了十五秒前の合図を出し、MCがシメのトークに入った——その時だった。

スッ…と、いきなり出演者の輪から離れた依光が、まっすぐに千波に近づいてくる。呆然《ぼうぜん》とした千波の顔を見下ろしてニッと笑うと、いきなり手首をつかんだ。

「よ…依光…っ？」

さすがにあせって小さな声を上げた千波にかまわず、依光はそのまま千波を舞台の中央に引っぱり出す。

会場がざわめき、他の出演者やスタッフも一瞬、依光がいったい何をする気かとあっけにとられたような顔をする。

が、引きずり出された千波の顔を確認して、その不審なざわめきは明らかな驚きへと変わっていった。

「えっ？　おい…っ」

「まさかあれ…」

「えーっ！　瀬野《せの》千波？　ホントに？」

スタジオ中、どよめきが膨《ふく》れ上がり、気がついたらしい客席からも悲鳴のような声が飛ぶ。物見高い、めずらしいモノを見るような好奇の視線が、全身にからみつく。息がつまるようだった。

「千波くんっ？」

「えっ、マジっ？」

「何？　演出？　聞いてないよ、おい…！」

すでに生放送が終了寸前であることも忘れたように、出演者や前列のスタッフからも興奮した声が上がり、スタジオは騒然《そうぜん》としてしまった。

五秒前――の合図。

「依光…！」

千波自身混乱し、どうしていいのかわからなくなる。思わず横の男をにらんだ千波に、依光は大きな笑みを見せた。

「笑って。ファンに元気な顔、見せてやれよ」

ささやくように言われ、千波はようやく我に返った。

「ほら」

顎《あご》で示され、カメラが自分を——自分たちを捉えていることを意識する。

一瞬、顔が強張った。

しかし依光はわずかに身をかがめて、千波と肩を組むように腕をまわし、近づいてきたカメラに向かって千波の肩口でピースサインを作る。

「大丈夫だから」

やわらかな声。何の迷いもない——。

唾《つば》を飲みこみ、ようやくそちらに顔を向けて、千波はとまどいながらもそっと微笑んだ。……かなり、ぎこちないものだったのだろうけど。

「それではまた！」

ギリギリであせったようなMCの声が飛び、拍手と歓声が起こる。スッ…、とほんのわずかに照明が落ち、「CM、入りますー！」とADの声が大きく響いて、一気にスタジオ中の緊張が切れる。

ほっ…、と千波も息をついて、思わず全身から力が抜けていくようだった。

と同時に、噴き出すように口々にまわり中がしゃべり始め、ざわめきが洪水《こうずい》のように耳に流れこんでくる。

千波とは直接面識のない出演者たちが、遠巻きにしたまま千波たちを眺めていた。あからさまに好奇心をむき出しにするような眼差しで、千波を見つめてくる。……そして、依光を。

「へぇっ、マジ、まだ続いてたんだ…」

「帰ってたのか…」

「ホンモノだよ！」

「度胸あるよなァ…」

そんな、ヒソヒソとささやく声が耳に届く。心臓が痛い。

「なんだよ、びっくりするじゃないのよ、よりみっちゃん！」

客席の、千波たちがいた方とは反対側にいたらしいプロデューサーだろうか、せかせかと依光に近づきながら興奮したような大声を出している。

「もう、こういう企画があるんなら言っといてよ！　やだなぁ」

「ハハハ…、俺も突然だったから。すみません、勝手なことをして」

依光が頭をかいて愛想笑いで返す。

「いや、いや、いや！　それはいいんだけどさ。ただわかってたらもっとね…、ほら、前宣伝とかいろいろとさ…。——ああっ、惜しいよーっ！　ツーショット押さえたのなんて初めてじゃないのっ？視聴率、すげぇいってたよ、これ！」

うだうだと言い始めた男の横をひょこひょこと抜けるようにして、ＭＣを務めているベテランのタレントが気軽な様子で千波に声をかけてきた。

「千波くん、ひさしぶりだねえ…。元気そうでなにより」

「あ…、ご無沙汰《ぶさた》してます」

千波もあわてて頭を下げた。

「びっくりしたよ。帰ってたんだね」

「すみません…、なんか、こんなつもりはなかったんですけど」

恐縮《きょうしゅく》してしまう。本当に、こんなふうにテレビに顔を出すつもりはなかったのだ。

「むこうではずいぶん活躍してるみたいだけど、そろそろこっちにも復帰するの？」

さすがに業界も長い年配のベテランらしく、かつてのことには触れず、さらりと尋ねてくる。

「それは…、まだわからないですが」

千波は言葉を濁した。

「『ＡＤⅡ』の公開、年末だっけ？　話題になってるよ。ハリウッド大作だからねえ…。うれしいよね、ああいう映画に知り合いの俳優が出てるのは」

「ありがとうございます」

嫌みもなく朗《ほが》らかに言われて、千波もぎこちないままに微笑んで返す。

「ワールドプレミアとかあるんだよね？　映画の宣伝にもまた来てよ」

「ええ…」

実際、日本でのプロモーションにどう自分が関わっていくのかはわからなかったが、千波は曖昧《あいまい》にうなずいた。

「千波！」

と、プロデューサーとの話はさっさと切り上げたのか、智郁と話していた依光がふり返って大きく呼びかけてくる。こちらのタイミングを見ていたのかもしれない。

じゃ、とそれを合図に千波は足早に二人の方に近づいていった。

「早めに出よう。いろんなのが話を聞きつけて押しよせてくる」

こっそりと耳打ちされて、しかし誰のせいだ、と千波は思わず横目に依光をにらむ。

「それじゃ。お疲れさまでした――！」

依光がスタジオ中に響くように大声で言って、それにあちこちから異口同音に挨拶が返ってくる。

ちらちらとものの問いたげな視線は感じるが、さすがに声をかけてくるほど親しい人間はいない。おたがいに名前と顔は知っていても面識があるというほどではなく、千波は出演者とスタッフの方に何度か頭を下げて、「お騒がせしました」とあやまってからスタジオを出た。

こっちこっち、と智郁が先に立って、スタッフ用の出入り口に案内してくれる。

「おどかすなよ。びっくりした」

足早にそのあとについて行きながら、依光がちろっと千波を横目にして、大きなため息をついてみせる。

「バカ。俺の方がびっくりしたよ」

それに千波は、少しなじるように言い返した。

依光が薄く口元で笑う。

「ま、心の準備もない方がいいだろ？　ああいうのはさ」

さらりと言われたが、千波はやはり不安にもなる。

依光は…、今でも千波とのつきあいをとり沙汰《ざた》されることはあるのだろう。さっきの、共演者からのつっこみもそうだった。

プライベートはまったく関係ない、と言いきってしまえる仕事でもない。多かれ少なかれ影響はあるし、……実際に二年前は相当なダメージがあったはずだった。ドラマやＣＭや…、千波の事件のおかげでイメージが傷ついて、依光が逃した大口の仕事、チャンスは数知れないだろう。

ようやく、そこから脱却《だっきゃく》し始めている時ではないのだろうか。そんな時に、また自分の影が見えるのは、依光にとって決してプラスではない。

そう思うと、さすがにため息が唇をついて出る。

どうとり返したらいいのかわからない。どう償《つぐな》ったらいいのか――。

「千波」

依光がふっと千波の顔をのぞきこんでくる。

何を考えてる？　と。そして、つまらないことを考えるな、と言うみたいに。千波の頭の中を見透《みす》かすように。

「タクシー、捕まえてきますねっ」

通用口のドアを開け、ふり返ってそう言うと、智郁が大通りの方へ向かって走っていく。

「おう」

それを見送って、反対側の中の廊下も身を乗り出すようにしてちらっと眺め、人がいないのを確めてから依光が千波に向き直った。

千波を壁際に追いつめるようにして腕で囲い、顔を近づけてくる。体温が空気を伝って肌に感じられるくらい。

じっと見つめる眼差しが、いいか…？　と尋ねてきて。

千波はそれに答えるように、そっと目を閉じた。

指先がからみ、唇がそっと重なって。

全身でその温もりを感じる。切ないように、胸が苦しくなる。

誰よりも一番大切な…、一番愛しい男を苦境に立たせているのは、自分だった。

その事実に泣きたくなる。

舌先がそっと触れ合う程度で唇が離れ、依光が短く息を吐いた。

今はこれで我慢しとく――、というように。

「……おかえり」

首筋からうなじの髪が撫《な》でられ、耳元にそっと、やわらかな声が落ちる。

おかえり、と言ってくれる腕の中に帰ってこられた安心感が、全身を押し包む。

うん…、と小さく千波はつぶやいた――。

◇　　　　◇

新しい部屋は、以前に暮らしていたマンションより少し広いくらいだった。

同じ2LDKだが、一つ一つの間取りがひとまわり大きい。もともと日本に来た外国人ビジネスマン向けのマンションらしく、基本的な家具もついていて、すぐに暮らせるようになっていた。

残していた荷物はさほど多くはなかったが、それでも段ボール数個分はあり、千波は二、三日かけて少しずつ片づけていった。

依光は京都と東京を行ったり来たりしていたが、東京にいる時はこの部屋に泊まっていく。以前と同じように。自分の荷物を花戸の部屋に持ちこんでいたらしく、それをすべて千波の部屋へ移していた。

千波にとっては、今は長期オフ、という状態になるのだろうか。

つい一カ月ほど前にクランクアップしたばかりのクレメン・ハワード監督の大作『ADⅡ』に出るまでは、それこそ毎日、エージェントに問い合わせ、自分でも情報を拾って、興味のあるオーディションを受けまくっていた。まずは役を手に入れるのに必死だった。

だが思いがけないほど大きな役がつき、そしてその前に出演した『メゾン・ナイン』が作品としても、千波の俳優としての仕事でも評価されるようになって、徐々に依頼の形で脚本が手元にまわってくるようになっていた。

とりあえず、選べる立場になった、ということだ。

今は来年夏に公開予定の『ＡＤⅡ』のプロモーションなどをしつつ、エージェントから送られてくる脚本に目を通している。

映画は全世界同時公開で、大々的なワールドプレミアも計画されている。そうなると、連日、世界を飛びまわるようないそがしさになるのだろうから、まあ、それまでに休養をとっておかなければならない、ということだ。

とりあえず、次の仕事は木佐の新作ということになるのだろうが。

今回は、その製作発表が終わるまでは日本にいるつもりだった。

昼間はのんびりと足りない家具をそろえたり、服や靴、日用品を買い足したり。本屋をめぐったり、ショップで興味のある邦画のＤＶＤを選んでみたり。

そして夜は依光の出ている番組を見て。

日本で――ゆったりと過ごしてみる。

二年前、誰もが自分に対して冷たく、厳しい、嘲笑《ちょうしょう》と侮蔑の目を向けていたように思えた自分の国は、今はただ、無関心なようにも見える。あるいは、忘れっぽい、ということなのかもしれないが。

もっともハワード監督の新作『ＡＤⅡ』は日本でも話題性は高く、それにともなって千波の名前も、時折メディアに出始めてはいた。そして先日のニューヨーク映画批評家協会賞の受賞、それに続くように依光と生番組に顔を出したことで、マスコミは一瞬、「芸能界復帰か⁉」こぞってとり上げてもいたが、しかし扱いはなかなか難しいようだった。

二年前の事件は、すでに判決も出ている。法的にも「被害者」である人間をさらし者にするようなことは、さすがに体裁《ていさい》が悪いのだろう。論調としては、あの事件を乗り越えて、また日本での活躍を期待したいものです、という感じではあったが…、千波にしてみれば、ずいぶんと空々しく聞こえてしまう。

まったくの他人事《ひとごと》なのだ。彼らにとっては。

あの生番組のあとは、数日、依光のところにもメディアが集まったようだが、幸《さいわ》い、依光がこのマンションへ帰ってくるのはいつものこと——マネージャーである花戸のところにいるというのは、今までもそうだったので、それ以上、つっこんでは調べていないようだった。

まあ、いずれ、千波がこのマンションに暮らし始めたということもバレるのかもしれないが。

自分の国——か…。

千波はぼんやりと考える。

自分が日本人であるということは、海外にいる時の方が強く意識する。まわりの人間に教えられる気がする。よい意味でも、悪い意味でも、だが。それを利用して、仕事を手に入れる場合もある。

実際『メゾン・ナイン』はそうだった。

しかし今この国にいて、ここが自分の国だと……居心地がいいかと問われると、正直、わからなかった。もちろん、言葉や食べ物や…、そんな気楽さはあるにしても。

精神的には、もしかするとアメリカの方が暮らしやすいのかもしれない。

厳しくドライではあるが、その分、しがらみも少なく、開き直って自分を打ち出せる。

――ただ。

依光がいるから。

日本に帰るのではなく、依光のそばに帰るということが、千波にとっては必要な……大切なことだった。

愛されている――、と、それを実感できることが。

自分のワガママだとはわかっているけど。


千波自身に何か変化があったわけではないが、年末が近づくにつれてまわりは少しずつ、騒がしくなっていた。

クリスマスとか正月とか、そういった行事のせいではなく、十二月になるとアメリカでの映画、ドラマ関係の賞レースが本格化するのだ。

カンヌで監督賞を獲《と》った『メゾン・ナイン』が、ナショナル・ボード・オブ・レビューの最優秀賞を獲り、アメリカ映画協会賞《AFIアワード》のベスト10に入った。このあたりは作品賞だが、千波自身が演技賞として受賞したニューヨーク映画批評家協会賞は、アカデミー賞の前哨戦《ぜんしょうせん》の一つともされている。

さらに年明けに発表になる大きなものだけでも、ロサンゼルス映画批評家協会賞《LAFCA》、全米放送映画批評家協会賞とノミネートは受けていた。年が明ければ、全米映画俳優協会賞や……そう、アカデミー賞のノミネート作も発表になる。

もちろんかかるかどうかはわからないが、これらいくつかの賞に名前が挙がったことで、マスコミも少しずつ話題にし始めているようだった。今は日本で千波が所属しているプロダクションがなかったため、わざわざ調べてアメリカのエージェンシーの方に取材の問い合わせがいっているらしい。

現在、日本にいることがわかっているだけに、また依光にも迷惑をかけることになるのかもしれなかった。

実際、依光を経由して千波に連絡をとろうとしているメディア関係の人間も多いようだ。

直接依光が千波にそれを言うことはなかったが、花戸の方にもたまに問い合わせがあるらしく、千波もちらっと話は聞いていた。

もうすぐ『トータル・ゼロ』の続編の製作発表があるし、『ADⅡ』の日本でのプロモーションも徐々に本格化する。

いつまでも知らないふりをしているわけにはいかなかった。

日本で窓口になるところを探さないとな…、と思う。花戸に頼んでもいいのだろうが、あまりに依光と近すぎるのは、やはりいろいろと問題が出るかもしれない。日本での活動がどれくらいになるかわからないし、大手である必要もない。

どうしようか…、と考えていた時、依光が会ってみるか？　と一人の男を紹介してくれることになった。

依光が、というより、正確には野田が、らしい。いや、もっと正確に言えば、木佐が、なのかもしれないが。

木佐は個人で映画制作のオフィスを構えているのだが、そこを窓口にすればいい、と言ってくれたのだ。なんでも、

『うちは芸能プロというわけじゃねぇが、電話番には有能なのがいる』

……らしい。

日本での営業やマネージャーが必要なわけではないので、千波にしてみればそれで十分だ。

木佐と依光の間で野田を迂回《うかい》させているあたりがあの親子らしく、千波は思わず笑ってしまった。

どうやらもともとは、野田が千波の環境を心配してくれていたようで、依光にそれとなく聞いて、木佐に打診《だしん》してくれたらしい。

「野田さんのドラマの収録を見に行かないか？　それに合わせてむこうも来るってよ。俺も…、おまえに会わせときたい子がいるし」

依光がそんなふうに誘うのもめずらしく、千波は同意した。

「現場に顔を出すの、つらくないか？」

気遣うように聞かれたが、千波は、大丈夫、と微笑んだ。

つらい、というよりは、正直、恐い――とは思う。

だがそこは、依光が生きている場所でもある。そして、これからも生きていく場所だ。自分だけがいつまでも隠れていることはできなかった。

依光に浴びせられる理不尽な視線や言葉があるとすれば、それは本当は、自分が受けるべきものだから。

依光は別の現場から直接行くということで、当日は花戸が迎えに来てくれた。

「わざわざすみません」

「いや、どうせヒマだから」

恐縮して言った千波に、花戸はあっさりと言い放つ。

どうやらマージン制になったらしい依光のマネージャー業だが、四六時中《しろくじちゅう》ついているわけではないようだ。

しかしきっちりと仕事は調整して、依光もフリーでやっていた頃よりは仕事量も増えているらしい。手綱をしっかりと握られている、ということか。

相変わらずピシッとしたスーツ姿で、とてもマネージャーには見えないな…、と感心する。依光と並んでいると、正直、どちらがタレントか迷うくらいのいい男だ。現場に顔を出しても、卑屈《ひくつ》にぺこぺこと頭を下げてまわることはなく、いつもテキパキと仕事をこなし、颯爽《さっそう》としている。

依光に欲目を足して見ても、……おそらく一般的には、花戸の方が整った顔立ちをしているのだろう。男っぽさ、という意味では、やはり依光に分《ぶ》があるが。

「そういえば、依光が会わせたい子がいる、って言ってましたけど…、花戸さんも知ってる人ですか？」

花戸の運転で車が走り始めてから、思い出したように千波は尋ねた。

依光にはほとんどタメ口なのに、依光と同い年の花戸にはなんとなく丁寧な言葉遣いになってしまう。もちろん、年上ではあるのだが。

「ああ…」

と、小さくつぶやくように言ったところをみると、心あたりはあるのだろう。

しかし、うーん、とうなってから、花戸は言った。

「まあ、依光が紹介するというのなら、俺の口から言うことじゃないと思うよ」

そんなふうに言われて、漠然《ばくぜん》とした不安のようなものが胸をよぎる。……単に、後輩にあたるような誰か、というくらいなのかもしれないが。

とりあえずスタジオの駐車場に車を入れ、徒歩で待ち合わせの喫茶店に向かう。まもなく野田も顔をのぞかせた。奥の席に千波たちを見つけて、手を上げて近づいてくる。

野田は、これからスタジオでの収録に入るところらしい。

「おいそがしいのにすみません」

頭を下げた千波に、野田がいつものように穏やかに微笑んだ。

「いや、私も千波くんの顔が見たかったし。むこうでの仕事が多いみたいだから、なかなか会えないしね」

そう言ってから、静かな眼差しでじっと千波を見つめ、さらりとつけ足した。

「また一緒にやれることになってうれしいよ」

「……ありがとうございます」

一瞬、声をつまらせるように、千波はようやくそう言った。

さりげないそんな一言が、泣きそうなほど胸に沁《し》みる。相手に気をつかわせないまま、本当に欲しい言葉をくれる。

前の映画の時もずいぶんと助けてもらったが、野田はこれだけの人気とキャリアがあっても決しておごることなく、常にまわりに気を配っていた。

「続編と言っても前回とはずいぶんと違った印象になりそうだからね。楽しみだよ」

「いろいろとご迷惑をおかけすることになるかもしれませんが」

「そんなことはないよ。千波くんは世界的に認められているんだから…、もっと自信をもたないと。一緒にやれて光栄に思うよ」

穏やかに言われて、千波は何と言っていいのかわからないまま、頭を下げる。

「野田さんはハリウッドには進出しないんですか？　オファーは何度もあったと聞きましたが」

そんな空気を察《さっ》したように、花戸が横から口を開いた。

「いや、私は……したい仕事がこちらにあるからね」

それに気負《きお》いもなくさらりと言うと、思い出したように尋ねる。

「そういえば、依光くんは一緒じゃなかったの？」

「直接、野田さんの現場に行くって言ってましたけど」

そう千波が答えたのに、花戸がつけ足す。

「彼女を紹介したいみたいですよ」

それに、ああ…、と得心《とくしん》したように野田がうなずいた。

どうやら、この二人にはわかっているようだ。

——彼女……？

しかし千波は、内心で首をかしげた。

女性、なのだろうか。依光が紹介したいというのは。ちょっと意外だ。

「どうですか、彼女？」

「カンもいいし、華もあるしね。まっすぐな目に力があって…、楽しみだと思うよ」

女優、なのだろうか。

千波一人、知らない話題は、やはり不在だった時間を感じさせる。

短いようで長くて——いろいろと変わっていることも多いのだろう。

と、そんな話をするうちに待ち合わせの相手が来て、千波に紹介された。木佐のオフィスのスタッフだ。

「三津谷《みつや》と言います。すみません、私、マネージャー業などはしたことがありませんから、本当に来た仕事をそのまま瀬野さんにお伝えして、お受けするかどうかは瀬野さんご自身の判断にお任せすることになると思います。……ああ、あらかじめ断る類《たぐい》の仕事は、伝えておいてもらえれば勝手に断らせてもらいますが」

挨拶もそこそこにそう言った男は、千波と同じくらいか、もう少し若いかもしれない。しかし有能そうな、口調も動きもきびきびとした様子だった。

「電話番みたいなことくらいしかできないと思います。ただ、瀬野さんが受けると決められた仕事についての契約《けいやく》関係は、アメリカのエージェンシーとの契約条件もあるでしょうし、私も勉強させてもらって、しっかりと任せていただけるようにしたいと思っています」

そう言って、よろしくお願いします、と丁寧に言われ、千波の方こそ、お世話をおかけします、とあわてて頭を下げる。

とりあえず連絡先の交換をして、千波のアメリカのエージェンシーとの契約内容やスケジュールなどを送る約束をし、三津谷とは別れた。

「……あ、野田さん。最近、監督のところ、顔出してないですか？　ここ数日、ちょっと機嫌悪いみたいですから、またなだめに来てやってください」

帰り際に思い出したように三津谷が野田に言い、野田はそれに、わかりました、とうなずいた。

「製作発表も近いし…、こまごまとした雑用が多いから、めんどくさがっているんじゃないですか」

と、そんなふうに苦笑しながら。

どうやら野田は、木佐監督とかなり気安いつきあいをしているようで、千波はへぇ…、と思う。木佐も、別に人づきあいが悪いわけではないのだろうが、なんとなく大変そうな気がして。

「木佐監督のところが本格的にタレント事務所を兼業するようなら、俺もそっちで雇《やと》ってもらってもいいかな」

花戸が暢気《のんき》な調子でつぶやいた。

……もっともそうなったら、間違いなく依光は花戸のマネージメントを断固、拒否するだろうが。

しばらくそこでおたがいの近況などを話していると、今、スタジオに着いた、と依光から千波の携帯に連絡が入る。

それで三人はそろってスタジオにもどり、ロビーで待っていた依光が、千波と視線を合わせて笑いかけてから、野田に、どうも、と頭を下げた。

「なんか、いろいろと世話になってすみません」

「いや、ぜんぜん」

それに笑って野田が手をふる。そしてちらっと腕時計を見て言った。

「そろそろゆきねちゃん、入る時間じゃないかな。急ごうか」

花戸が、ロビーで待ってる、と言ったので、彼を残し、俳優たちだけでスタジオに向かった。

「大丈夫か？　何だったら場所は替えてもいいから」

野田のあとからついていきながら、依光がそっと千波の耳にささやく。

ひさしぶりの収録現場で、正直なところ少し緊張していたが、千波はそれになんとか笑みを作り、大丈夫、と微笑んだ。

「……今なら楽屋の方かな。そっちまわってから見に行かせてもらいます」

廊下の分岐点《ぶんきてん》で足を止めて依光が言い、いったんそこで野田と別れる。依光は千波を連れて、ふらふらと控《ひか》え室のある廊下の方へ歩いていった。

「あれ？　よりみっちゃん、どーしたの？」

「今日、あったっけ？」

「や、ちょっと、見学っす」

すれ違うスタッフや俳優から、時折、依光に気づいたらしい声がかかって、依光はそれを気軽な調子でかわしていく。

わずかに伏し目がちに後ろについている千波にも、ちらり、と視線が流れてきて、あれ？　と、首をひねっていく者もいれば、スルーする者も、そして、あ、と気がついて、ちょっと興奮したようにふり返って確認してから、足早に走っていく者もいた。

……千波が来ていることも、すぐに広まるのかもしれない。

少し重くなる気持ちをふり払うように、千波はそっと息を吸いこんだ。

「あ、ここだ」

と、ふいに依光が立ち止まったドアには、「支倉《はせくら》ゆきね様」と名前がかかっている。

千波は聞いたことのない名前だったが、依光は気軽な調子でドアをノックし、どうぞ、と声を聞いてからドアを開く。

「依にぃ！」

とたんにパッと、華やいだうれしそうな声がドアのむこうで弾けた。

「ホントに来てくれたんだ。よかったー！」

バタバタと駆《か》けよってくる気配と、無邪気な声。まだかなり若い子のようだ。

「……っと」

その勢いのまま飛びつかれたようで、依光がその子を受け止め、ドアのすぐ横の壁に背中をつくのが、わずかに開いたドアの隙間《すきま》から見える。

ずいぶんと親しげな様子に、千波は戸口でちょっと躊躇《ちゅうちょ》してしまった。

正直、依光にこれほど親しい若い女優がいるとは思わなかった。が、もちろん、この二年、いろいろなドラマにも出て、そのたびに交友関係は広がっていく。千波の知らない女優とのつきあいも、たくさんできたはずだ。

「へえ…、こうしてみると、いっぱしの女優みたいじゃないか」

「もー、すごいドキドキしてるの。こんなに早く野田さんと共演できるなんて信じられない。学校の友達にいっぱいサイン、頼まれちゃった」

依光のからかうような口調に、少し興奮してはしゃいだ相手の声が返る。

「……でも、依にぃと共演できた方がよかったなー」

無邪気なふりで、しかしどこか「女」を感じさせる少し甘えた口調に、千波は一瞬、どきっとする。

「うーん…、あんまり時代劇向きじゃねぇかもなー、おまえは」

わかっているのかどうなのか、依光はそれをさらりと流し、そしてちらっとドアの外の千波に視線を向けてきた。

――入ってこいよ、と、うながすように。

「そうかな。私、お姫さまとかやりたいけどなー。くノ一とかね」

いくぶん不満そうに、相手の声がうめく。

「現代的な顔だからな。ちょい、浮くかも。……ほら、ちょっといいか？　お客さんがいるから」

そう言いながら依光がドアのあたりから相手を遠ざけたようで、代わりに内側から大きくドアを開き、千波を招き入れる。

状況がわからず、とまどいながらも中へ足を踏み入れると、目の前に立っていたのはやはりまだ若い少女だった。

ドラマの衣裳なのか、結婚式帰りのようなパーティードレス姿で、おとなびた雰囲気だったが、それでもまだ十七、八、というところだろうか。

モデルのように手足のすらりと長い、美人……といえば美人なのだが、むしろ意志の強そうな、個性的な顔立ちだった。

しかし千波が姿を見せた瞬間、あ…、と小さくつぶやいて、彼女は大きく目を見張る。依光に向けていた笑顔がわずかに強張った。

「千波…、こいつ、俺の従妹《いとこ》のゆきね。なんか去年、いきなり新人オーディションみたいの、受けてさ。女優、目指してんだって」

「従妹……」

ちょっと照れたように紹介した依光に、千波は思わずつぶやいた。ああ…、と思う。だからさっき、彼女が「依にぃ」と呼んでいたのだ。親しいはずだ。

「あ…、じゃあ」

木佐監督の姪《めい》、ということになるのだろうか、と反射的に思った千波だったが、それを察したように依光があっさりと手をふった。

「母親の妹の子だよ」

では、父方のつながりはないわけだ。

「瀬野千波。いつも話してるだろ？　ハリウッド俳優だぞ」

そして依光が、今度はゆきねの方に千波を紹介する。

十歳以上も年下の女の子だ。扱い慣れている、とは言わないが、それなりに普通の対応はできるはずだった。

しかし千波は、自分がかつてないくらい緊張しているのを感じた。

初めて会う、依光の身内だった。……いや、木佐監督をのぞけば、ということだが、監督の場合は少し事情が違う。

「叔母《おば》さんがあんまり、身体が丈夫じゃなくてな。こいつが生まれた時はお袋がよく世話をしに行ってたさ…。俺も連れて行かれてな。しょっちゅうこいつのおしめも替えてやってたんだぜ？」

「もう、いっつもそればっかり！　人前で言わないでよねっ。私にもイメージがあるんだから」

おもしろそうに言う依光の腕に、拗《す》ねたふりでゆきねがしがみつく。

つまり、母親を亡くしている依光にとっては、一番近い家族、ということなのだろう。

「しかしちょっと見ない間にでかくなったよなあ…。高校生だもんなー。一人前の女に見えるよ。ま、昔からませた、生意気な口ばっかりきいてたけどさ」

依光が感慨《かんがい》深げにつぶやき、千波に肩をすくめてみせた。

「こいつがどこまで行けるかわからないけどな。おまえもドラマなんかで見かけて気がついたことがあったら、遠慮なく言ってやってくれよ」

「あ、ああ…」

どう言っていいのかわからず、とりあえずぎこちなく笑った千波は、よろしく、となんとか押し出すように口にする。

――この子は……、依光と自分との関係を知っているのだろうか……？

そう。もちろん、知っているはずだった。身内ならなおさら、二年前のあの騒ぎが気にならないはずはない。

――どう、思っているのだろう…？

きりきりと胸が痛くなるのを覚えるが、しかしどう考えてもいい感情があるとは思えない。依光の身内にしてみれば、千波は依光の人生においての大きな障害でしかない。

ゆきねがスッ…と息を吸いこんでから、千波に向き直った。

「支倉ゆきねです。依にぃから時々、お話は聞いてます」

淡々とした口調で、口を開く。

きっちりと礼儀正しく、……しかしその表情に笑みはない。むしろにらむように、まっすぐに見つめてくる。

千波は言葉を出すことができず、ただ少女を見つめ返した。

「今度の『ＡＤⅡ』に出られるんですよね。一作目、すごく好きだったんですよ。だから…、千波さんがどんなふうに演じられるのか、すごく楽しみにしてます」

にっこりと微笑んで、ゆきねが言う。しかしその目はあくまで冷ややかだった。

その言葉も、楽しみにしている、というよりはむしろ、どれだけのものか見せてみろ、と言っているようにも聞こえてしまう。

「……ありがとう」

ようやくあえぐように息を吸いこんで、千波は低く答えた。

「じゃ、撮影、見てるから」

そう言うと、依光は軽く手を上げて部屋を出る。

千波も思わず、ホッ…と息をついた。

「うまくやっていけるといいんだけどな…」

のんびりと歩き出しながら頭をかき、そんなふうにつぶやく姿は、年の離れた妹を心配する兄のものなのだろう。

だが彼女が千波に向けたのは、明らかな敵意だった。

しかし、それも仕方がないのだろう…、と千波は小さくため息をつく。千波のせいで、依光がどれだけ迷惑を被《こうむ》っているのかを考えれば。

もしかすると、彼女自身も。

「あの子…、ゆきねちゃん、だっけ…。おまえの従妹だってこと、みんな知ってるのか?」

何気ない調子で、千波は尋ねてみる。

「んー…、俺もあいつも隠しちゃいねぇけど。でも別に吹聴《ふいちょう》してるわけじゃねぇし、名字も違うしな。

知ってる人間は知ってるくらいかな」

　依光は軽く肩をすくめる。

「いくつなんだ？」

「十八。来年卒業だよ。大学は推薦《すいせん》で受かってるみたいだから、一応、両立を目指してみる、って言ってたけどな」

　それだと、依光とは十五、違うわけだ。

　どんなふうに見えているのだろう…、と思う。依光からは本当に子供にしか見えなかったとしても、彼女にとって依光は。

　ただのオジサン、なのだろうか。あの年頃の女の子からすれば、それでも不思議はないが……。

　それでも彼女の千波を見る眼差しに、やはり別の色を感じてしまう。

「年、かなり違うだろ？　だからゆきねはさ、子供の頃から俺がテレビに出てんの、見てたんだよ。時代劇の端の方でちょろちょろしてるの。小さい頃はうちのお袋がよくゆきねの面倒みてたから、二人で一緒になってな。役者をやってる俺を、一番最初から知ってる人間だよ」

　口元でやわらかく微笑んで、依光がつぶやくように言う。

「一番のファン、ってわけだな…。彼女、おまえの影響で女優になったんじゃないのか？」

　そう尋ねた千波に、そうかもな、と依光が肩を揺らして低く笑う。やはり、どこかうれしそうに。

「あの子…、おまえが」

　無意識に言いかけて、千波はふっと口をつぐんだ。

――好きなんじゃないのか…？

と。

どうしても……そう思えてしまう。年はずいぶんと離れているけれど。

依光が、言葉を切った千波の横顔をちらっと眺めた。そしてわずかに口元をゆがめる。

「ごめんな」

小さくつぶやかれた言葉に、ハッとした。

――わかって……いるのだろうか？　だからあえて、千波を会わせたのだろうか……？

自分には千波がいるから――、と。

それをはっきりとその目に見せるために。

うれしくも…、そしてちょっと切ないような思いで、千波はそっと目を伏せた――。


シーンはどうやら、野田の妹役であるゆきねがパーティーのあと家に帰ってきた、というところのようだった。

春に放映予定の二時間ものの企画ドラマで、ゆきねは準主役の扱いらしい。新人としては大抜擢《だいばってき》、というところだ。

確かに初のドラマ出演で野田と共演というのは、いろんな意味で幸運だろう。演技を身近に学ぶ相手という意味でも、純粋に女の子としてミーハーする意味でも。

千波は依光と一緒に、スタジオの隅からそっとその演技を眺めた。

『兄さんには関係ないでしょ！　私のことは放っておいて！　誰と遊んでたってとやかく言われることじゃないはずよ』

『絢子《あやこ》。……心配しているのはわかるだろう？　私だけじゃない。家族のみんながだ』

『もういいの！　兄さんは結婚するんだし、この家からいなくなるんだから！　私より…、エリさんのことを心配してればいいじゃない！』

兄妹の確執《かくしつ》…、というより、兄をとられる妹の微妙な心理――。そして、それを超えるか超えないかのギリギリのライン…。

演技の勉強はしているようだったが、まだ少し粗いだろうか。しかし今はそれが魅力でもあるのだろうし、なにより野田を相手に一歩も退《ひ》いていないところはすごいな…、と思わせる。存在感で食われてはいない。

なるほど、野田が言っていたように、先が楽しみだ、と思える。

……もっともこのシーンでは、ゆきね自身、感情移入するところがあったのかもしれないが。

ＯＫ！　の声が飛び、張りつめていた空気が緩んで、ざわり…、と人が動き始める。

「ちょっと行ってくる」

と断って、依光が野田とゆきねの方へと近づいていった。

千波はその場で待っていたが、あわただしくスタッフが行き交う中でも、ちらちらと千波への視線は絶えず集まっていて、それは他の役者たちからも同様だった。

直接知っている俳優は野田くらいだったから、あえて話しかけてくる人間はいなかったが、それだけにヒソヒソとささやかれる声や忍び笑いが肌を食い破って心臓をむしばんでくる気がする。

……いや、むしろ、あえて聞かせているような。

「え…、何？　こっちで復帰するつもりなの？　信じられねー」

「使いにくいだろ…」

「ハードな濡れ場なんか、やれんじゃないですか？　話題性もあるしさ」

「キケンな恋愛モノの？」

かすれた声で笑う、千波の知らない若い役者たち。

「……え？　あの人？」

「寝てんの？」

「うわ…、マジっすか」

「ゲーッ、片山依光ってそうだったんだ…」

「バカ、知らねぇのかよ」

好奇心をむき出しにした、若いスタッフの声が耳に刺さる。

無意識に片方の指が、もう片方の腕にグッ…と爪を立てた。そっと息を吸いこんで、身体の中に膨れ上がるものを必死に抑えこむ。

怒り――というよりも、憤《いきどお》りと…、そしてやりきれなさが全身に広がってくる。

しかし人の口に戸を立てることはできないのだから…、日本で仕事をするのなら、当然、覚悟しなければならないことだった。

いちいち言い訳することはできない。すべて、自分の仕事で黙らせるしかない。

「千波」

と、もどってきた依光が千波の顔を見て、わずかに目をすがめる。

二人がそろったことで、さらにまわりが不自然にざわつく。その空気を、依光も敏感に感じとったのだろう。

「何か……言われたのか?」

うかがうように問われ、千波はそっと首をふった。

「大丈夫だよ。わかってたことだし」

ようやく思い出したように腕をつかんでいた手を離した。そして、穏やかに言う。

「先に帰ってるよ。おまえ、まだ用があるんだろう? 次の現場、この近くじゃなかったか」

「千波…」

しかしいくぶん張りつめた厳しい表情で、依光が千波の腕をとる。じっと、顔をのぞきこむようにして目を見つめてきた。

「大丈夫だって。木佐監督の映画もあるし、ハワード監督のも公開前だし……、バカなことはしないよ」

千波は落ち着いた口調でゆっくりと言った。むしろ、依光をなだめるように。

その「バカなこと」が何をさしているのかは、おたがいにわかっている。

「部屋で待ってるから」

「ああ…」

依光がようやく千波から手を離し、わずかに肩から力を抜く。

後ろを気にしながら、とりあえず二人でスタジオを出た。

ロビーのあたりまで来た時、あっ、と思い出す。

「……俺、野田さんに挨拶もしないで出てきたな…。あやまっといてくれないか？　それにお礼も。いろいろと世話をかけちゃって」

「ああ…。……その、あのオヤジのとこのスタッフだっけ。頼むことにしたのか？」

「多分。よさそうな人だったよ。若いけどしっかりした感じで」

そうか、とつぶやいて顎を撫でながらも、やはり依光には少し微妙な様子だった。

それでも、他のよくわからないプロダクションや、利益だけを追求して千波に無理をさせるようなことがないだけマシか…、と思っているようだ。

実際に、つい昨日、どこで調べたのか、千波の以前所属していた大手プロダクションの女社長が依光の携帯に電話してきて、千波と話したいのでとり次いでもらえないか、と言ってきていた。

今さら何の用ですか、と冷たく尋ねた依光に、あらためて千波とのマネージメント契約の話を持ちかけたようだ。

『千波ちゃん、日本での復帰を考えているんでしょう？　私もとても心配していたのよ。でもよかったわ。あちらではずいぶん活躍しているようだし、アカデミー賞にもノミネートされるんじゃないかって前評判だし。そうそう、『ADⅡ』が夏に公開になるのよねえ。すごいじゃない！　……ジャパンプレミアも大がかりなイベントが予定されてるんですって？　どうかしら。日本で契約しているプロダクションはないんでしょう？　一人でこなすのは無理だと思うのよ。うちなら千波ちゃんのこともよくわかっているし、縁も続いていることだし。十分にお手伝いができると思うのよ？』

そんな調子のいい社長の言葉に、依光はめずらしく険しい口調で吐き捨てていた。

『契約を切ったのはそっちだろ？　一番、守ってやらなきゃいけない時に放り出しておいて、何を今さら都合のいいこと言ってんだよっ！』

ものすごい剣幕で、横で聞いていた千波も驚いたくらいだ。

二年前も……今も、どれだけの激情をあの身体に抑えこんでいるのか。

千波の、ために。

それを思うと、うれしくも……申し訳なくも思う。本当に依光がこれだけ怒ってくれるから、千波がそれ以上、腹を立てる気にもならないほどだ。

ロビーに出て、しかしそこで待っているはずの男の姿が見えず、依光がきょろきょろとあたりを見渡す。

「花戸に送ってもらえよ。……あいつ、どこ行ったんだ？」

役に立たねぇな…、と勝手なことを言いながら、捜してくるからちょっと待ってろ、と言い残して、依光はせかせかと奥へもどっていった。

その背中を見送って、心配性だな…、と、ちょっと苦笑してしまうが、無理はないのかもしれない。

なにしろ、前科があるのだから。

千波はロビーの隅のイスに腰を下ろした。ふぅ…、と長い息を吐く。

何をした、というわけでもないのに、肩のあたりがずっしりと重い。疲れていた。……おそらくは、精神的に、なのだろう。

慣れていかなければならないことなのに。

少しぼんやりとしていたようで、ふと気がつくと、目の前に誰か立っている気配にハッ…と顔を上げる。

そして、さらに驚いた。

「ゆきね……さん……？」

先ほどの衣裳のまま、硬い表情でじっとゆきねが千波を見下ろしていた。

「千波さん、こっちの芸能界に復帰するんですか？」

感情のない声で聞かれ、千波はわずかに息を飲んだ。

復帰。そう、確かに復帰にはなるのかもしれない。木佐の映画に出ることは。ドラマに出ることは、もうないのかもしれないが。

いずれにせよ、スポンサーからしても「使いにくい」ことは確かだろうから。

「どうして……もどってきたの？」

ゾクッとするほど、冷たい声に、千波は思わず息を飲んだ。

「アメリカに帰って。あなたが日本にいる必要はないでしょう？　依にぃから離れて。これ以上、つきまとわないで！」

ぴしゃり、と頬を打つような鋭い言葉が耳に突き刺さる。

心臓がスッ…と冷えていった。

誰に、何を言われても——とは思っていた。他人に何を言われても、受け流すことはできるつもりだった。

——だが。

この子は、依光の家族だった。依光のことを大事に思っている……血のつながった従妹。

「あなたは知らないでしょ？　依にぃがこの二年、どんなだったか。なのに、今さら……！」

思い出したような顔をしかめ、ギュッ…、と少女が赤い唇を噛《か》む。そしてまっすぐに、千波をにらんだ。

「二年前…、裁判のあと、あなたはすぐに日本から姿を消したからそれでよかったのかもしれないけど。でも依にぃは大変だったのよ。レポーターやゴシップ誌にはずっと追いかけまわされて。仕事だってしばらく干《ほ》されてて。片山依光ってそっちの方向で売り出すのか？　——って、陰口たたかれて。ホントに……ひどかった。見てられないくらい」

あ…、とかすれた声がこぼれたきり、千波は言葉を口にすることができなかった。

小さく身体が震えてくる。

「あんなに自分の仕事が好きなのに…。昔からどんな役でも、私にとっては依にぃが一番、カッコよ

かった。お侍《さむらい》とか殿様とかよりずっと。泥まみれになったり、川に落ちたり…、すぐに殺されちゃう役でもね」

そう、もちろん、大変だったのだろう…、とはわかっていた。いや、頭ではわかっていたつもりでも、自分は知らなかったのかもしれない。何も。

自分のことだけで精いっぱいで。自分のまわりしか見えていなくて。

いつもグチを言うだけで…、依光がどれだけの痛みに耐えてきたのか。どれだけのものと真正面から戦ってきたのか。

——それも、何一つ、自分には関係のないことで。

「依にぃは言い訳一つしなかった。何を言われても…、どんなことを書かれても。自分の仕事をきちんとこなして…、まわりに認めさせて。やっと前みたいにできるようになったのに。それを全部台無しにして、また同じこと、依にぃにくり返させるつもりなんですか?」

抑えただけに厳しい声が心臓を打つ。

千波は思わず目を閉じ、膝《ひざ》の上で握り合わせた指に力をこめた。深く、息を吸いこむ。

「それで…、俺にどうしろと?」

かすれた声で、千波は尋ねていた。

「あなたにはもう、依にぃの前に姿を見せないでほしいんです」

はっきりと、突きつけるようにゆきねが言った。

「アメリカで評価されてるんでしょう?　だったらむこうにずっといればいいじゃない。もう依にぃにかまわないで！」

そしてぎゅっと胸の前で指を握りしめると、ほとばしるように叫ぶ。

「――ゆきね？」

と、その時だった。怪訝《けげん》そうな依光の声が、奥の廊下の方から聞こえてくる。

ハッと千波も顔を上げると、依光と、その半歩後ろに花戸の姿も見える。捜してきたらしい。

「……失礼します」

硬い表情で短くそう言うと、ゆきねがさっと身をひるがえす。

「おい…！」

依光が呼び止めるのもかまわず、そのまま横をすり抜けて奥へと走りこんでいった。

その後ろ姿と、それを見送る依光の横顔を見つめ、千波はようやく息を吐く。

「千波」

向き直って、まっすぐに依光が近づいてくる。

しかし千波は反射的に、依光から視線をそらしていた。

「……ごめん」

どうしたらいいのかわからず、片手で自分の顔を覆《おお》い、混乱したまま立ち上がった千波の肩を、依光を追い抜くように素早く近づいてきた花戸が軽くたたいた。

「送るよ。……依光、おまえ、次の現場、そろそろ時間だろ？」

そして顎で指示する。

依光が短く息を吐いた。
「あとでな」
その言葉に答えられないまま、顔も見られないまま、千波は花戸にうながされるように外へ出た
――。

覚悟して――帰ってきたつもりだったのに。

「身内って……やっぱり厳しいですね……」

車が走り出して、ようやく少し、気持ちが落ち着いてくる。

今は依光といるよりも、と花戸も気をつかってくれたのだろう。それがありがたい。

「ゆきねちゃん、キツイからね」

何気なくバックミラーを直しながら、花戸が低く笑う。そして尋ねた。

「何か言われた？」

「ちょっと。……まあ、身内からすればあたりまえのことですけど」

そう。あたりまえのことだ。

自分の決断は、依光の家族も不幸にすることなのだ。

甘かったのだろう…、と思う。考えていなかったのかもしれない。自分が依光のそばにいる、とい

うことが、どういうことなのか。

自分にとって、それは必要で……幸せなことだったけれど。しかし依光にとって、そして依光のまわりの人間にとっては、決してプラスになることではない。

結局は甘えてきたのだから。自分から何も返すことはできないのに。

なじられるのは当然だった。

「あの子、昔から依光っ子だしね」

どうやら、ゆきねのことも以前から知っているらしい。

依光っ子、という言葉がおかしくて、千波はかすかに笑う。いいな…、とうらやましくなる。

あんな男が小さい頃からそばにいたら…、そして依光の強さと優しさを知っていたら。

他の男が目に入らなくても仕方がない。

千波は小さく息を吐いた。

「俺…、依光に試されてますか……？」

ふと、そんなふうにも思う。

自分の覚悟を。あるいは、想いを。

「ちょっと違うかな。依光はそういうことをするやつじゃないよ」

うーん、と小さくうなって、花戸が言った。

そう。確かにそうだ。

依光にとって人がどうということは関係ない。自分が決めたことで動く男だ。自分の信じることで。

「ただ、君にゆきねちゃん会わせたのは、けじめみたいなものかもしれない。ゆきねちゃんにも、君にも……自分にもね」

――けじめ……？

千波はわずかに首をかしげる。

「依光に切る覚悟はできてると思うよ」

「え…？」

が、さらりと言った花戸の言葉に、千波はハッと顔を上げた。

切る――、という、その言葉の冷たさ、容赦《ようしゃ》のなさに、心臓が大きく鳴る。

「どんなに大事な身内でもね。親兄弟でも。選ばなきゃいけないものだったら、依光はもうすでに君を選んでる」

薄く開いたままの唇が震えてきた。かすれた声がこぼれ落ちる。

「俺は……甘えていいんですか……？」

甘えるだけで。

「それは君が決めることだよ。それが重かったら離れた方がいい。……そう、今のうちにね」

淡々と花戸が言った。

「愛情はおたがいのバランスもあるから強さが違いすぎるとかえって危ない」

◇　◇

それから数日、依光は京都の仕事が続いていた。

その間にゴールデングローブ賞へのノミネートの連絡があり、千波は受話器をおいてそっとため息をついた。

受賞できる可能性は、正直なところあまりあるとは思えなかったが、もちろん獲れる獲れないにかかわらず、ノミネート自体はうれしいと思う。

木佐の新作の製作発表も、あさってに迫っていた。それを思うと、妙なあせりが胸につき上げてくる。

製作発表の席には、もちろん依光も一緒に出るはずだ。

……しかし、まだ千波は迷っていた。

そこに出てしまえば、引き返すのが難しくなる。いや、依光と一緒に出ること自体が、二年前の事件を思い出させるのだ。

世間の注目がどこに集まるのか…、考えるまでもなかった。

ゆきねの言う通り、そこまでして自分が日本でやる意味があるのだろうか…？

海外でだけ仕事を続けていくのでは、なぜいけないのか。

そう考えると、答えを出すことができない。

もちろん、依光の言葉にウソはないのだろう。

本当に一緒にいたい、と。そして、一緒にやりたい――、と、そう思ってくれているのは。

だがその言葉に甘えることが、本当に依光にとっていいことなのか。

バランス――、といった花戸の言葉を思い出す。

揺らいでしまうのは……バランスがとれていないせいなのだろうか……。


「千波」

ぼんやりと、内容も頭に入らないままリビングでテレビのニュース番組を見ていた千波は、その声でハッと我に返る。

顔を上げると、ドアのあたりに依光が立っていた。

「……ああ、帰ってたのか」

スペアキーも持っているので部屋にいることは不思議ではないが、依光は朝、京都から現場へ直行したはずだ。もう終わったのだろうか。

土曜の午後だが、あまり曜日に関係のない仕事ではある。

「今日は上がりなのか?」

何気なく尋ねた千波に、依光がちょっと困ったように顔をしかめた。

「……あのさ。今、ゆきねが来ててさ。ちょっと上がってもらっていいかな?」

「ゆきねちゃんが…？」

さすがに少し、動揺する。

仕事帰りにでも会ったのだろうか。それとも、ゆきねが依光の現場を訪ねたのかもしれない。

連れて行ってくれ、とねだられたのだろう。

「ああ…、かまわないよ」

強《し》いて穏やかに答えながらも、身体の奥でドクッ…と心臓が大きく音を立てる。

正直――会いたくはなかった。

彼女に突きつけられる言葉に自分の醜《みにく》さと弱さを見せつけられるようで、……恐かった。

それでも依光には妹のようなものだ。

ゆきねにしてみれば、生まれてからずっと依光は身近にいた存在だった。それに比べれば、千波が一緒にいた年数など、たかが知れている。

悪いな…、と言って、依光が下まで迎えに降りていく。

……あるいは、どうするつもりなのか、と、千波に聞きに来たのかもしれない。

製作発表を前にして。

待っているわずかな間が落ち着かず、千波は無意識にテレビのリモコンを手にとった。意味もなくチャンネルを替えようと、ボタンを押した瞬間、ふっ、とニュース画像が切り替わる。

「あ…」

画面に映ったのは、見覚えのある映像だった。ドキュメンタリー・フィルムのような。

それに重なって、聞き覚えのある旋律が耳に流れこんでくる。

――ラブシーン。

ＤＶＤの映像だった。テレビのリモコンのつもりで、ＤＶＤの方を手にしていたらしい。

千波がこのＤＶＤを見ることはほとんどないから、依光が……見ていたのだろうか。

ちょっと頬が熱くなってしまう。

それでも流れていく映像の美しさと、何度もくり返し聞いて耳に…、身体に沁みこんでいるメロディ、そして智郁の身体いっぱいに響いてくるような深いボーカルに、千波はその映像を止めることができなかった。

知らず、瞬《まばた》きもできないままに見つめてしまう。

――すべてを捨てても　君を守る　世界中を敵にしても　何をなくしても――

そんな歌詞に、二年前の…、ボロボロだったあの時の自分を思い出す。そして、依光を。

本当に、自分のすべてをかけて千波を守ってくれた。自分が傷つくことなどかまわずに。

それは今でも――、だ。今も少しも変わってはいない。

曲がラストに近づき、大きく包みこむように伸びた依光の腕が画面を横切る。それにからみつくように、千波の腕が。

この二本の腕は、モチーフのようにこのＤＶＤの中に時折、何度も織りこまれている。それがこのラストでようやく姿が見えるのだ。

溺《おぼ》れるように男の肩にしがみつき、大きな腕の中に抱きこまれて。

依光の指がわずかにのけぞらせた千波の頬から顎、そして喉へとたどっていく。そして、唇が。

涙の伝う頬を両手で包んで、甘いキスが落とされて。

幸せな——二人、だった。映像の中の恋人たちは。

ふわり、と胸が温かくなり、そしてぎゅっと締めつけられるように切なくなる。

『変わらないものがあればいい。俺は…、そう思ってる』

アメリカで再会した時、依光の言った言葉が耳によみがえる。

『俺は千波が欲しい。……今も。これから先も。ずっと』

同じ想いだったはずだ。自分たちの中にあるのは。

だからこそ、帰ってきたはずだった。

その瞬間の自分の顔が、画面に大きく浮かぶ。

依光の腕の中でどれだけ自分が幸せなのか——。

羞恥《しゅうち》も理性もすべてを忘れて、映像の中の、依光の腕の中の自分を見つめてしまう。

『愛してる……』

余韻《よいん》だけが響き、音の切れた中で、確かに自分の唇がその言葉を刻む。

愛している——。

その思いが体中に溢れていく。

——何をなくしても——

ふいに、ガタン…、と玄関の方で音が聞こえ、千波はようやく我に返ったようにＤＶＤの電源を切った。テレビもオフにしてリモコンをテーブルにもどすと、ふと気づいて、指先でにじんでいた涙をぬぐう。

「……だから、母さんも会いたがってるし。東京に来た時はうちに泊まってくれればいいのに。こんな他人の家じゃなくても」

そんな不満そうな少女の声が遠く、聞こえてくる。

「ゆきね。いいかげんにしろよ」

それをたしなめる依光の声。

「だって」

リビングのドアのところで、さらに言い募《つの》る少女の声がふいに途切れる。千波の姿を見つけたのだろう。

「――あ、こんにちは。突然押しかけてすみません」

リビングに入ってきたゆきねが挑《いど》むような目で千波を見て、丁寧に頭を下げた。

私立の学校だろうか。制服姿のゆきねは、この間会った時よりもいくぶん年相応に、少女らしく見える。

「こんにちは。いらっしゃい」

ソファの横に立ったまま、千波は穏やかに答えた。

自分でも不思議なほど、気持ちは落ち着いていた。自然と、そらすこともなく、このまっすぐで、一途《いちず》な目と向き合っていられる。

ゆきねの方がちょっと怪訝そうに…、何か以前とは違うことにとまどったように、わずかに目をすがめた。

と、ゆきねはパッ、と後ろの依光をふり返ると、思い出したような声を上げた。

「あっ。車にお土産《みやげ》、忘れてきちゃった。お母さんから依にぃに渡して、って頼まれてたやつ。――ごめーん！　依にぃ、とってきてよ」

「しょうがねぇな…」

ため息をつき、ぶつぶつ言いながらも、依光は玄関の方へ引き返す。その間際、ちらっとふり返って、その眼差しが千波を見た。

何か、確かめるみたいに。あるいは、大丈夫か、と尋ねるように。

それに千波はそっと微笑み返す。

「お茶でも入れるよ」

そう言いながらキッチンへ向かった千波の耳に、カタン…、とかすかな音が響く。依光が玄関を開けたのだろう。

「紅茶でいい？」

そう尋ねた千波に、ゆきねは答えなかった。

「もうすぐ…、木佐監督の映画の製作発表があるんだそうですね」

代わりに、わずかに固い口調で口を開く。

やはり依光にとりに行かせた土産というのは、単なる口実だったらしい。

千波はかまわず紅茶の用意をしながら、うなずいた。

「そう…、あさってね」

「続編だって聞きましたけど」

「そうだよ」

「どうして受けたんですか⁉」

淡々と答えていく千波に、今日はゆきねの方が動揺《どうよう》したように叫び出していた。

「やりたかったから」

水の入ったケトルをＩＨヒーターにのせ、スイッチを入れながら、千波はさらりと答える。

「ひどい……！」

絶句するように、ゆきねが声を上げた。

「どうしてそんな勝手なことがしゃあしゃあと言えるの⁉」

カウンターを挟んで千波の前に立ち、ゆきねが両手をたたきつける。

「あなたのせいで依にぃがどれだけ苦しんだと思ってるの⁉　もういいかげん解放してあげてよ！」

怒りに頰を紅潮させ、涙をにじませた目は、本当に依光のことが好きなんだな…、と思う。心配しているのだろうし、……もちろん、千波に対する嫉妬《しっと》、もあるのかもしれない。

十歳以上も年下の少女だと思ってはいけないのだろう。対等に、まっすぐに向き合って話すべき相手だった。

依光の近い身内としても、……依光を好きな一人の人間同士としても。

「アメリカでの仕事がメインになるのかもしれない。ロケや撮影で、一年の半分も日本にはいないのかもしれない。……でも帰ってくるのはここになる」

静かに言った千波の言葉に、ゆきねが愕然《がくぜん》としたように、理解できないように——したくないように、首をふる。

「どうして……?」

「依光のそばが一番幸せだから」

するりと、自然にその言葉が口から出る。

「だから君には、許して、って言うしかない」

「自分勝手だわ!」

ゆきねが嚙みつくように言った。

「そうだね」

そんなことはわかっていた。

それでもおたがいの気持ちが変わらない限り——そう、誰を敵にまわしても戦っていける。

「依にぃはずっと私にはヒーローだったのっ。どうしてあなたのためにあんな嫌がらせとか受けなきゃいけないのよっ⁉　あなたとじゃ依にぃは幸せになれないっ!」

涙で顔をぼろぼろにして、ゆきねがふり絞《しぼ》るように叫んだ。

きれいな子だな…、と思う。今まで見たゆきねの中で、今のゆきねが一番。

純粋に、好きな人のために泣く顔だ。

それをじっと見つめながら、千波は静かに言った。

「依光の幸せは……君が決めることじゃない」

その言葉に、ゆきねが大きく目を見張る。小刻みに唇を震わせ、しかし言葉にならなかった。

——と。

「ゆきね」

その声に、ハッとしたようにゆきねがふり返る。

リビングのドアのすぐ横で壁にもたれ、依光が立っていた。……カウンター越しに、千波には少し前から依光がいるのはわかっていたが。

あっ、と、ゆきねがあせったように小さな声を上げる。

「気はすんだか？」

穏やかな調子で聞かれ、……依光も気がついていたのだと、彼女も察したのだろう。

依光への自分の気持ちも、そして千波への態度も。

「そんなの……」

ぎゅっと拳《こぶし》を握りしめ、低くうめいて、ゆきねが激しく首をふる。

そして次の瞬間、依光の身体を押しのけるようにして廊下へ走り出した。遠くで玄関の閉じる音が激しく響いてくる。

ゆきねが姿を消した方を眺め、短く息をついて、依光が頭をかいた。

「……いいのか？　放っておいて」

そしていくぶん困ったような、申し訳なさそうな顔でこちらに視線を向けた依光に、千波は尋ねた。

「もう子供じゃないだろ」

ため息とともに肩をすくめる。そしてゆっくりとキッチンの方へまわってきた。

千波の背中に立ち、両腕を前にまわして、縛りつけるようにぎゅっと抱きしめる。顎を肩に乗せ、首筋やうなじに唇を押しつけて。じわり、と男の体温が肌に触れる。

乾いた唇がやわらかな耳たぶを挟み、濡れた舌先が軽く耳の中をなめ上げる。

ぞくっ…、身体の奥で起こる波に、千波はわずかに息をつめた。

「ありがとう。すげー…、うれしかったよ」

かすれた、吐息《といき》のような声で依光がささやく。

その言葉に一瞬、胸がつまり、千波は答えられなかった。

ただ、小さく首をふる。

礼を……言ってもらうようなことじゃない。自分の、想いだ。身勝手で、わがままな。

誰を傷つけても——依光を離したくない——。

「ごめんな……」

小さくあやまってから、前にまわっていた男の指が、そっと、一つずつ、シャツのボタンを外し始める。

目を閉じて息をつめたまま、抵抗はせずに男のするままに任せていると、はだけたシャツの間から大きな手のひらがすべりこんできて、直《じか》に肌を撫で上げる。

優しく、丸く、脇腹を撫で、胸を撫でて……、指先がほんの小さな芽を指先が見つけ出す。

「あ…っ」

からかうように弾《はじ》かれ、押しつぶされて、思わずうわずった声がこぼれ落ちた。

喉の奥で、依光が低く笑う。

両方の乳首が意地悪な指にもてあそばれ、千波はたまらず身体を男の胸に預けるようにして身をよじった。

依光の唇が首筋を這《は》い、引き下ろしたシャツをかき分けて、肩口にキスを落とす。

「……は…、……あ……」

手のひらがたどるように喉元をすべり、胸から下肢《かし》へと撫で下ろしていく。

優しい、心地よい感触に、千波は大きく身体をのけぞらせた。

なかば崩《くず》れかけた千波の身体を支えたまま、依光の指が千波のズボンのフロントボタンを外す。

そして、ピッ…、とついでのように、ヒーターのスイッチを切る。

あ…、と思った次の瞬間、依光が千波の腕を引き、身体をまわすようにして正面から抱きよせた。

うなじの髪がつかまれ、頭が引きよせられて、深く唇が重なり合う。おたがいに奪い合うように舌をからめ、その熱を味わっていく。

千波も無意識に両腕を伸ばし、男の首にしがみついた。

「……千波…、……千波……」

キスの合間に何度も名前が呼ばれ、飽きずに唇を求め合う。ようやく息を吸いこんで、甘えるようにおたがいの頬をこすり合わせた。

背中を支えられる腕の強さに、肌から伝わってくる熱に——涙がにじんでくる。

顎をとられ、もう一度、深くキスを与えられてから、わずかにうかがうように依光が千波の目をのぞきこんできて。

「いいか……?」

かすれた声で聞かれ、千波は男の背中にまわした腕に力をこめる。

「いいに決まってるだろ…」

恥ずかしくて目を見られず、男の肩口に顔を埋《うず》めたまま、千波はうめくように言った。

「お。ラッキー」

うれしそうに言われて、それがさらに恥ずかしい。

なかば抱きかかえられるように寝室へ連れこまれ、優しく押し倒されるままにシーツに背中があたった。

「千波…」

まだ陽は高かったが、遮光《しゃこう》カーテンで室内は薄暗く、自分の上に依光の顔がわずかに影になる。

無意識に伸びた手をとって、依光がその指の一つ一つにキスをくれる。そのまま身体が大きな腕に囲いこまれ、大きな手のひらが頬を、髪を、撫でていく。

すでにはだけていた前が無造作に払われ、むき出しになった胸に指が触れてきた。

さっきいじられてすでに固く芯を立てていた乳首は、男の指に遊ばれてさらに敏感に感じてしまう。

そっと身体を重ねてきた依光の唇が顎をついばみ、濡れた舌が首筋をたどって鎖骨《さこつ》へとすべり落ちていく。

「ふ…っ…、あ…っ…」

舌先が乳首を弾き、押しつぶすようになめ上げられて、千波は思わず胸を反らせた。

「千波…、気持ちいい……？」

反射的に押しのけようと動いた手が男の手にからめとられ、耳元でささやかれながら、抵抗もできないまま胸が味わわれる。

「……ん…っ、——あぁぁ……っ！」

唾液に濡れた乳首が指先にきつくつままれて、その鋭い刺激にこらえきれずに高い声がほとばしってしまう。

ドクッ…、と下肢で何かが脈打った。

無意識にうごめかせた腰に依光が手を伸ばし、ファスナーが引き下ろされる。下着の中へ直に指が入りこんできて、確かめるように千波のモノを手の中に収めた。

「んん…っ…！」

すでに形を変え始めていた千波の中心が、男の手の中であっという間に硬くしなっていく。ゆっくりとしごかれ、形をたどるように指でなぞられて、ゾクゾク…と甘い痺《しび》れが腰の奥から這いのぼってくる。

千波は熱い息を吐きながら、無意識に男の手にこすりつけるようにして腰を動かしていた。

「――あっ…、ふ…、あぁぁぁ…っ！」

先端からとろり、とにじみだしたものが指の腹でぬぐわれ、そのまま丸くもむように刺激されて、こらえきれずに大きく腰が跳ね上がる。

その拍子に依光の手が離れ、甘い拘束《こうそく》から逃れて、千波は大きくあえいだ。

だがそれは、麻薬のようにすぐにまた欲しくなる。焦れるように、何かが足りなくて。

「千波…」

何度も名前を呼びながら、依光が千波の髪を撫で、指で、手のひらで、わずかに熱を帯びた千波の身体を愛撫《あいぶ》していく。

決して――依光がその行為を性急にすることはなかった。二年前の、あの時以来。

馴染ませるように脇腹を撫で、そっと、下着ごとズボンが引き下ろされる。

「あ……」

自分のすでに張りつめたモノが男の目の前にあらわにされ、思わず千波は顔を背けた。

依光の手が足の付け根から膝を撫で、そっと足を広げていく。わずかに腰が浮かされ、あっと思った時には、自分の中心が依光の口にくわえこまれていた。

「あぁ…っ…！　あ…っ…、あ……っ……」

口の中でしごかれ、舌できつく弱くしゃぶり上げられて、甘い快感が体中をうねり始める。だんだんと下肢がその形を失い、とろりと男の口の中で溶け落ちていくようだった。

「より…みつ……っ」

たまらず、千波の手が男の髪にかかる。

ようやく顔を上げて依光が大きく息を吸いこみ、親指で唇をぬぐった。

「俺も……するよ」

涙ににじんだ目で男を見つめ、千波は小さく言った。

自分だけされるのは…、やっぱり恥ずかしい気がして。

「いいよ。今日は」

しかし依光はあっさりと言った。

「千波がカワイイことをいっぱい言ってくれたからな。今日は俺が、死ぬほど千波を可愛がりたい」

「バカ…」

そんな言葉に胸の奥が疼《うず》くようにくすぐったくなる。恥ずかしくて、顔も熱くなって。

片腕で千波の背中を抱きよせるようにして、依光の指がそっと、千波の奥を探ってくる。

千波は反射的に息をつめ、しかし、いいか…？　と耳元で尋ねられて、目を閉じたまま、小さくうなずいた。

依光が千波の片方の足を抱え上げ、その間に顔を埋めてくる。熱い舌先が細い道筋をたどり、しっとりと濡らしながら奥の入り口へと分け入ってくる。

「あ……」

すぼまった部分が舌先でなぞられる感触に、千波はぶるっと身体を震わせた。

そんなところを見られ、舌で触れられている恥ずかしさに、耳まで赤く染まってしまう。

しかし依光の腕は千波の腰を押さえこんだまま、指先でその部分を押し開き、さらに奥へと舌を伸ばしてきた。

「――んっ…！　ふ……、あ…、あぁっ…、あぁっ、あぁぁ……っ！」

舌をねじこまれ、なめ上げられるたび、身体がよじれ、ほったらかしにされた前から蜜《みつ》が滴《したた》り落ちる。

「依光…っ、依光、もう……っ！」

舌でさんざんなぶられ、こらえきれずに口走った千波に、ようやく依光は顔を離した。

「大丈夫か…？」

心配そうに言いながら、そっと頬を撫で、指先を濡れそぼった入り口に押しあてる。

「あ……、あぁ……！」

ゆっくりと中を貫いていく快感が、痺れるように背筋を走る。千波の腰はそれをいっぱいにくわえこみ、夢中で締め上げた。

「……ふ…、あ……、い…いい……いい…っ！　――あっ…、そこ……！」

やがて指は二本に増え、中を大きくかきまわされ、千波は自分でもわからないままに恥ずかしく口走る。

じっと千波の表情を見つめながら依光が指を動かし、千波の身体を高めていく。

優しい、甘い、快感だけをくれる。

「千波…、いいから。もっと感じてみろ……」

浅ましく感じる身体を恐がる千波に、何度もささやいて。

「俺も……一緒だから」

脱ぎ捨てた依光の下肢が中心で千波のモノとこすれ合い、男のそれがすでに硬く膨らんで足にあたってくるのがわかる。

そっと腰が引きよせられ、指を抜かれたあとの淫《みだ》らにひくついている部分に依光のモノが押しあてられる。

「千波……」

いいか？　と尋ねるように名前が呼ばれ、千波は荒い息をようやく整えた。

男の肩にしがみついたまま、そっと目を開けて、小さく言う。

「うしろ…から……、して……っ」

そんな言葉に、そんなに後ろからがちょっととまどうように首をかしげた。

「おまえ…、そんなに後ろからが好きだったか？」

喉の奥でからかうように笑われて、千波はカッ…、と頬が熱くなる。

反射的に首をふり…、でも、後ろから抱きしめられるのが、千波は嫌いではなかった。

後ろから抱きしめられて、大きな腕の中に包まれていると……、安心するのだ。守られているみたいで。

かつて男たちに後ろから犯されて…、今でも時々、知らない人間に密着して背中に立たれるとゾッと鳥肌が立つことがある。

だからこそ、依光に抱きしめていてほしかった。

もう他の誰にも、触れられたくなかったから。

「ああ…、いいよ」

優しく言って、うながすように千波の腕をとる。

ついでのようにシャツが脱がされ、千波は片方の肘《ひじ》をシーツについて、そっと身体をまわした。溺れるように手を伸ばし、枕にしがみつく。

依光の指が襟足《えりあし》の髪を撫で、指先でかき分けてうなじに唇を押しあてる。わずかにきついキスが、沁みるように肌に沈んでいく。

背筋に沿って唇が這わされ、両腕の下から前にまわされた手が千波の胸を撫で上げた。

固い指先で両方の乳首が一度になぶられ、千波は肘をシーツにつくようにして身をよじる。知らず腰が浮き、男に突き出すような格好になってしまう。

依光の手が千波の下肢にすべり、中心で揺れているモノをこすり上げた。

「あぁ…っ！　あっ…あっ……、あぁぁ……っ！」

その手の動きに合わせて、どうしようもなく淫らに腰が揺れる。

「千波…、我慢できない……」

動きまわる腰が強引に押さえこまれ、腰のてっぺんのくぼみをなめるようにキスが落とされて、依光がかすれた声でささやいた。

「入れるな……？」

熱く、欲情した声――。

それでも優しく千波の足を撫で、ぴったりと身体を合わせて、おたがいの熱を分け合うように抱きしめる。

硬く張りつめた先端があてがわれ、ゆっくりと入りこんできた。千波は目を閉じて息を吐き、意識的に身体の力を抜く。

「――う…っ、……あぁぁ……っ!」

一番大きいところが抜け、ずるり…、と太いモノに貫《つらぬ》かれて、いっぱいに満たされる。内側からこすり上げられる快感に、一瞬、頭の中が真っ白になる。

ゆっくりと、いったん奥まで入りこんできた依光は、しばらく馴染ませるように軽く腰を揺すっていたが、やがて大きく腰をまわし始めた。

「……あぁ…っ! あ…、ん…っ……、あぁ…っ!」

動かされるたび、身体の奥に快感の波が走り、全身へと広がっていく。硬くそり返している千波の中心からポタポタと蜜がこぼれ落ち、張りつめた茎《くき》を濡らす。

千波の腰を押さえこみ、依光がそっと抜き差しを始めた。初めはゆっくりと。だんだんとその動きが速くなる。

「より…みつ……っ」

全身に襲いかかってくる熱い波に溺れそうで、千波は枕に爪を立てながら声を上げる。

「千波…、イク……?」

かすれた、熱っぽい声で尋ねられて。

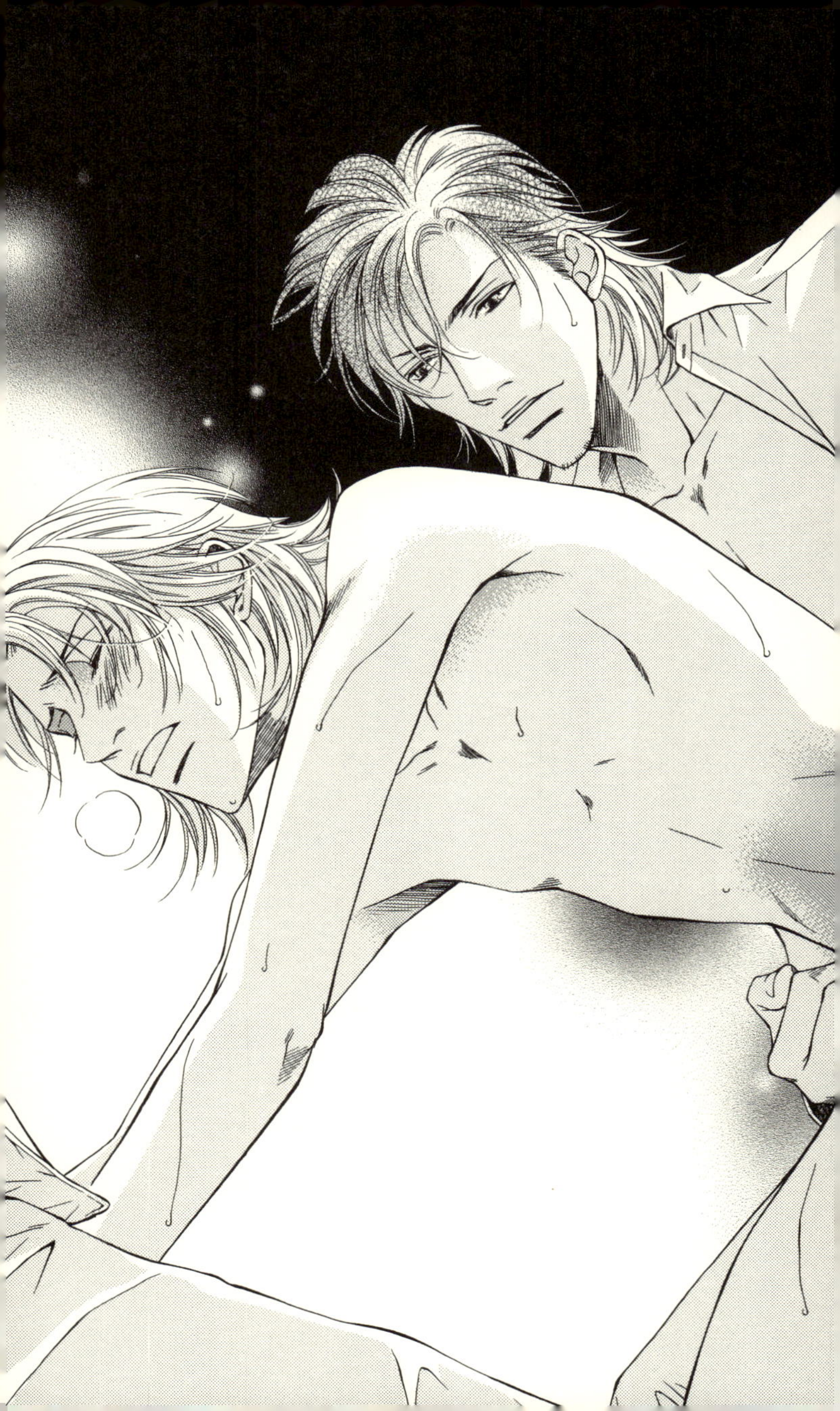

「ん…っ、……う…ん…っ、――あぁっ……もう……！」

千波は何度もうなずいた。

「一緒に…な……」

押し出すように言って、依光が千波の前に手を伸ばしてくる。

止めどなく蜜を滴らせる先端を指の腹でこすられ、全体をしごかれて、どうしようもなく千波は腰をふり立てる。

「ほら…」

「あっ…、ん…っ、――あぁぁぁぁ……っ！」

後ろを何度も突き上げられ、全身を大きな波に揺さぶられて、うながされるままに男の手の中で一気に弾けさせた。

反射的にぎゅっと締め上げた瞬間、低くうめいて身体の奥に依光が吐き出したのを感じる。

身体が弛緩《しかん》し、崩れるようにシーツに沈みこんだ。

しばらくはぼうっとして荒い息を整えていたが、やがてしっとりと汗ばんだ依光の腕が千波の身体を包みこんでくる。

顎に、首筋に、肩に、優しくキスが落とされる。

その腕の中にすっぽりとくるまれて、千波は深く息を吐き出した。

まだ速い男の胸の鼓動《こどう》が、自分の肌に沁みこんでくる。男の胸に無意識に這わせていた指がとられ、ぎゅっとからめられて。

「よかったのかな……」

自分の口にしたことは。

男の胸に顔を埋めたまま、ぼんやりと千波はつぶやいた。

もしかすると、数少ない依光の家族を——自分のせいで遠ざけてしまったのかもしれない。

「言ったろ…？　俺が千波のそばにいたいんだ。だからもし、千波がアメリカをポジションにするんなら、俺がむこうに移らなきゃいけないだろ。おまえがこっちに帰ってきてくれるから…、俺は自分の仕事を続けられる」

だがそれは、逆に言えば、むこうでの仕事を優先する千波のワガママにつきあってくれている、ということでもある。

「あさって…なんだな……。製作発表」

一切の情報が出ないようにしていたから、どんな映画になるのか、どんなジャンルになるのか、まだ一般にはまったく知られていないはずだ。『トータル・ゼロ』の続編だとは、誰も、夢にも思っていないだろう。

なにしろ、木佐は今まで「続編」というものを作ったことがないのだ。どれだけ企画を挙げられたとしても、うなずかなかった。

つまらねぇ…、と、その一言で。

だが、決定稿でないにしても、千波が見せてもらった脚本は「続編」という枠を遥かに超えているように思える。

楽しみだった。それを聞いたメディアや人々の反応が。

――そしてそれは、千波にとっても新しい、大きな一歩になる。

ただ。

「きっと…、またおまえも巻きこむんだな……」

ごめん、と小さくつぶやくように言った千波に、依光がわずかに強く千波の顔をとってまっすぐに見つめてくる。

「俺に言われることはすべて俺の問題だ。だからおまえも、この先、誰に何を言われても、堂々と顔を上げて毅然《きぜん》としてろ。どんな汚いことを言われても、腹を立つことを言われても、全部飲みこんで、ただ相手をまっすぐに見つめ返してやれ。それでもおまえの目を見てられるヤツはいないよ」

「依光…」

千波は思わず男を見つめ返す。

そうやって…、依光はこの二年、生きてきたのだろうか。決して、隠れることをせず。

「その代わり、俺のところで泣いていいから。全部俺に吐き出していいから。俺に泣き叫んで…、怒っていいから……な」

つらいことが――ないはずはない。理不尽な、やりきれない怒りに捉われることも。

それでも依光がいるから…、きっと耐えられるはずだった。

強く、顔を上げて歩いていける。二度と人前で泣くことはしない。

自分に、依光に恥ずかしいことは何もないはずだから――。

「正月、こっちにいられるか？」

依光の胸に顔を埋めた千波の髪を撫でながら、依光が思い出したように尋ねてくる。

「ああ…。でも明けたら、多分、一月中はむこうにいないといけないだろうけどな。クランクインには間に合うように帰るつもりだけど」

「なんか、いろんなのにノミネートされてんだよな…」

眉をよせて言う依光に、千波は小さく笑った。

「自分が獲れるわけじゃないけどね。でも作品賞とか監督賞もあるから」

授賞式やパーティーや。そんなお祭り騒ぎはともかく、同じ作品を作り上げた仲間をたたえる場にはいたいと思う。

「オスカーは？」

にやっと笑って尋ねられて、千波は軽く肩をすくめた。

「ノミネートされるかどうかもわからないだろ」

「俺のために獲ってくれよ」

「どうして？」

さほど興味があるとは思えないのに、と千波は首をかしげる。

「俺の男が上がるからな」

「自分で獲れよ」

運も実力のうち、というが、やはり賞レースは水物だ。その年の作品の出来不出来、社会情勢、流行、といろんなことが影響する。もちろん、制作スタジオの力関係やいろんな駆け引きもあって、生臭い部分もある。

「自分で獲るより、オスカー俳優を恋人にもってる方がカッコイイだろ？」

あっさりと言った依光に、千波は、そうか？　と懐疑的《かいぎてき》に眉をよせる。

やはり自分で獲る方が価値があると思うが。

「それだけの男に惚《ほ》れられてるって証明だから」

そんな依光の言葉に、千波は思わず笑ってしまう。そして言った。

「じゃあ…、努力してみるよ。今回ダメでも来年も、その次も」

依光がそれを望むのなら。

それが自分に返せるものであるのなら――。

◇　　　◇

「ホント、すげー、数っ！」

ちらっと廊下からロビー、そしてホールをのぞいてきた智郁が控え室にもどって、興奮したように騒いでいる。

製作発表は都内ホテルの大ホールを借り切って行われるのだが、時間前、テレビにラジオ、新聞、雑誌と、すでにものすごい数のメディアが集まっていた。申し込みがあったのは百社に近く、映画の製作発表としては異例の数だろう。

どうやら、千波がこの時期、日本に帰ってきたのはこのためではないのか、という憶測《おくそく》——それは当たってもいるが——が流れたせいもあるようだし、注目される主役に今度は千波が抜擢《ばってき》されたのか、あるいはまた野田でいくのか、それとも実の息子である依光なのか。もしくはまったくの新人なのか——、と、ちまたではこっそりと賭《か》けのようなことまで行われているらしい。

だが、事前にオーディションがなかったことを考え合わせると、わかっている役者を使う可能性も高い、という見方が優勢のようで。

もし千波がこの製作発表に顔を出せば、二年前の事件以来、きちんとメディアの前に出るのは初めてになる。カンヌや、その他の授賞式でも、日本のメディアが千波を単独で捕まえることはできなかったのだ。

今の様子を知りたい、というのは、人の不幸を笑うようで気持ちのいいものではないはずだが、やはり素直な感情でもあるのだろう。

今回は映画の製作発表なので智郁がここにいる意味はないのだが、製作発表をライブで見たいっ！と騒いだので、どうやら関係者として入れてもらったらしい。

もっともまだ本決まりではないが、この映画の主題歌を智郁のいる「チャコール・メローイング」に任せようか、という話も出ているようだから、まるきり部外者というわけではなかった。

千波と依光とのことだけで、相当にセンセーショナルな話題だが、それに例の「ラブシーン」を歌ったアーティストだ。

「狙《ねら》いすぎだろ、あのオヤジ…」

と、腹立たしげに依光などは吐き出していたが、木佐は、

「狙うに決まってんだろーが。これだけ狙ってできる企画はそうねぇんだからな」

と、しゃあしゃあと言っていたらしい。……野田によると。

「なんでもおもしろがる人だから」

その野田は、そんなふうになかばあきれたように笑っていたが、悪趣味だろ、と依光はうめき、正直、千波は複雑だった。というより、やはり不安だった。

話題性だけが先行すると、実際に映画を観る時の期待感が大きくなる。それだけ、映画のインパクト、完成度を上げなければならない、ということだ。

もう三年前になる前回の映画、そして実際の事件のイメージを利用して、どこまで作品を、ストーリーを、登場人物を組み立てられるのか——。

そのへんは木佐の感性とバランス感覚なのだろうが…、かなり難しい作業に思えた。

人の期待を裏切らず、思いきり裏切るおもしろさ。……そんな作品にしなければならない。

時間も迫りつつあったが、その木佐監督はまだ到着しておらず、依光と野田が何か世間話のようなものをしている。

花戸はこんな時、どこにいるのか姿を消しており、外の様子を偵察《ていさつ》してきた智郁が、千波に報告し

ていたのだ。

「やっぱり千波さんって、なんか伝説上の人物っぽくなってたんですよねー」

はー…、とため息をつくように智郁が言う。

「伝説？」

なんだそれ、と思いながら、千波は聞き返した。

うーん…、とうなって、智郁がちらっと奥の依光を横目にしてから、千波のすわるイスの方ににじりよってきた。内緒話でもするように、声を潜《ひそ》める。

「千波さんがいない間、依光さんがね…、こうマイクを向けられた時に千波さんのことをしゃべることはなかったんですけど、でも時々、トーク番組とかラジオとか…、ぽろっと口に出すんですよ。何気ない、すごい自然な感じで。普通に。今もちゃんと千波さんとつきあってて、おたがいに思い合ってて…、大事にしてるんだな…、ってわかるのが、すごくいい感じで。二人の関係ってなんか、ふんわりしてて優しいんですけど、……こう、依光さんの口から聞くと、すごく凛《りん》としてきれいなイメージなんですよね、千波さんって。でも千波さん自身が表に顔を出すわけじゃないでしょ？　依光さんの口から語られるだけだから」

「じゃ、本人が現れるとたんに生々しくなってイメージが壊れそうだな」

そんなふうに言われるのも恥ずかしく、千波はあえて軽く笑って流す。

「そんなことないですよ」

あわてて、というのではなく、智郁はさらりと否定した。

「なんて言うんだろ…。昔の千波さんはもっと身近な感じで親しみやすかったんですけど、……まあ、俺はこうやってつきあわせてもらってますけど、今はちょっと遠くにいる感じかなあ……。あ、悪い意味じゃないんですよ。ハリウッド俳優だし」

そんな智郁の言葉を聞きながら、依光はこの二年、ずっと千波が帰国するための布石《ふせき》を打っていたのだろうか…、と、ちょっと思う。

「……あ、そういえば千波さん、今度『ＡＤⅡ』、出るんですよねっ。すごいよ！ ジャパンプレミアの試写会の招待状くださいー！ 一生のお願いですーっ！ あっ、メンバーの分もっ。一人で行ったら殺されるっ」

思い出したように頼んできた智郁に、千波はそっと微笑んだ。

「智くんにはすごく……救われてるよ」

試写会とはまったく関係のない言葉に、一瞬、へ？ という顔をして、そしてあわてて、照れたように智郁が手をふった。

「そんなことないですよ。俺なんかなんにもできなかったけど。でも、依光さん見てると、ホント……千波さんのこと、好きなんだなあ…って思いますよ」

その素直な言葉に、千波は胸の奥がじわりと熱くなる。

ふっと奥の依光に視線を向け、陽気に話している男の横顔を見つめる。

――これほど愛してもらえる価値が、自分にあるとは思えないのに。

世界中をすべて敵にまわすほど。何を失っても守ってもらえるほど――。

だから千波にできるのは、決して下を向かず、ただまっすぐに前を見つめることだった。依光の恋人であることに、依光が恋人であることに、何も恥じるところはないのだから。

「お。そろってんのか。わりぃなァ…」

木佐がのっそりとした様子で入ってきたのとほぼ同時に、スタッフが「会場にお願いします！」と大きな声を張り上げた。

木佐はやはり緊張感のない様子で首をまわし、千波と目が合って、にやり、と不敵に笑う。

千波を使う意味を――賭けにも近いこの作品を作ることを、本当に楽しんでいるのだろう。

野田はいつもと変わらず落ち着いた様子で、おはようございます、と監督に会釈《えしゃく》する。依光は、どーも、と無愛想に挨拶をしただけで、千波のところにやってくる。

「がんばってくださいねー！」

と、元気な智郁の声に送り出されて、会場までわずかな廊下をぞろぞろと歩いていく。

さすがにだんだんと緊張して、表情が強張ってしまう。心臓が痛い。

「こちらです」

と、ホールのドアの前で立ち止まり、スタッフが中の様子をうかがった。

今回は事前にタイトルさえ公表されておらず、会場の中では司会の男が会見前の作業を始めていた。

出演者たちのすわるテーブルの頭上、つまり記者たちの正面に大きく貼り出されている――はずの、映画のタイトルの看板。それにかぶせられている布を、キャストの発表前にとるのだ。

「それではまず、お集まりの皆様にはキャスト、スタッフの紹介に先立ちまして、タイトルの発表をさせていただきます！」

そんな司会の声が大きくドアの隙間を抜けて響いてくる。

そして、バッ、とその布がとられたと同時に、おおーっ、と津波のような驚きの声が会場中に広がった。

『トータル・ゼロ／β』

続編、という意外性。そして次第にそれは、キャストへの期待に集まったメディアの興奮が大きく膨れ上がっている。

「行くかー」

どこかのんびりとした調子で木佐が言い、まだ騒ぎが収まりきっていない会場へさっさと入っていく。

お先に、というように後ろに軽く会釈をして、続いて野田が。

ここに来て、千波はさすがに心臓が握りつぶされるくらいの緊張に、一瞬、足が動かなくなる。

中の騒ぎが耳に入れば、なおさらだった。

「千波」

と、前にいた依光が手を差し出してくる。

口元でふっ…と笑った。

「手、つないでいこうか」

さらりと言われて、千波は思わず息を飲む。

伸ばされた手と、依光の顔を見つめて……そして、そっと千波は手を伸ばした。

ぎゅっと、強く握られて、その体温に少しずつ、身体の強張りが解けていく。

なんとか微笑んでみせた千波に、依光がわずかに身をかがめ、口元に小さなキスを落とした。

一瞬のことに千波もかわせず…、しかし自然と目を閉じてしまう。

「……バカ」

それでも離れたあと、つぶやいて。

横にいたスタッフがさすがに目を丸くして眺めている。

しかしそれも、今は気にならなかった。

固く手を握り合って。

千波は静かに一歩を踏み出した。

次のクランクインに向かって――。

end.

ごあいさつ

こんにちは。いつもとちょっぴり違うタイトルなのはこの後ろにショートが入っているせいですが、内容的にはいつもと同じあとがきもどきでございます。

……というわけで、シリーズ3冊目、内容的には1作目の「ラブシーン」に続く依光と千波ちゃんのお話になります。また受けをヒドイ目にっ、と言われたりもした前作ですが（すいません…、書いてる時はまったくそんな意識はないのですが……）、そちらのあとがきで予告しました通り、続編は思いきり幸せな二人を、ということでこんな感じになりました。らぶらぶっ、というよりは、しっとりと、おたがいへの想い、自分の想いを確かめ合う感じでしょうか。

表題が「クランクイン」の方になってますが、より映画らしいタイトルを、ということで、特にどちらがメインのお話ということではありません。「ロケーション」が千波が日本に帰る決意をするまで、「クランクイン」はそのあとの日本でのストーリーですね。

前作の「ラブシーン」は、すごく好きです、と言って下さる方と、とてもつらかったです…、とおっしゃる方といらしたのですが、やはりあの話がなければこちらの話は存在しなかったわけですので、痛みを乗り越えた二人の絆の強さを感じていただければうれしいです。それぞれ独立した話としても読めるかとは思いますが、「ラブシーン」を読んでいただいた方には、ぜひこの話までおつきあいいただければと思いますし、未読の方はこの機会に2冊続けて読んでいただければ、一つの流れとして千波ちゃんの成長と変化を見ていただけるのではないかと思います。

そしてこの「ごあいさつ」あとのデザートに、木佐監督と野田くんのショートを。「ラブシーン」ラストのエピソードに関わるオヤジたちサイドのお話ですね。「ラブシーン」の時にはまだ監督たちの関係が明らかではなかったのでそちらに入れるわけにはいかず、「ファイナルカット」ではまだ作中での時間がこのエピソードまで追いついておらず、ということで、話的にも時間の問題からも、ここに入れるしかっ、と押しこんでしまいました。監督たちのお話がまた書けるかどうかわかりませんが、その時は内容もこのエピソードとはまったく関係のないものになっていると思いますし。短いわりには、なぜか今までで一番、らぶらぶっ、な二人ですね。いい年して甘いですよ…。

私としてはハデめなこの映画界のシリーズでは（でも設定のわりに内容的にはあんまりハデでもないような。キラキラしさがないですよねー…。はっ、キャラ年齢が高いせいですか?）、今のところあと3カップル、書かせていただける予定になっております。1組はまだ影も形も出てないのですが、次に登場するのは箕島くんとあの人、かな。オヤジまではいかない、でもアダルトな二人です。そして、私的には新境地開拓！　な1組が（わかるかな）……無事に書けるといいのですが。お目見えするのはちょっと先になりそうですが、こりずにまた手にとっていただければありがたいです。次作は、このシリーズだと雑誌になるかな。

リンクスさんでは、次は秋の「コルセーア」でしょうか。それから来年も、しばらくは海賊続きの予定です。相変わらずキャラもいっぱい、陰謀もいっぱい、アクションもいっぱい、……はっ、もちろんラブもあります！　な、ドタバタとした話になりそうですが、……ふふふ。次回にはぜひともこれだけはやらねば！　というネタも仕込んでおりますので、おつきあいいただければと思います。

さて。イラストをいただきました水名瀬雅良さんには、いつも本当にありがとうございます。ヒゲおやじにも大変！　もえもえでございましたが、今回表紙の若い二人はやっぱりキレイで色っぽく、透明感があって…、そしてとても幸せそうでうれしいです。お手数をおかけしておりますが、どうかまたよろしくお願いいたします。

そして、私がデビューして今までで一番長く担当していただきました編集さんとこの本で最後になりました。本当に本当にありがとうございました。オヤジだの、ファンタジーだのと好きなものを書かせていただきまして、とても楽しくお仕事させていただきました。ご迷惑ばかりで恩返しもできなまま…、すみません。どうかお身体を大切に。またいつか復帰されますことをお祈りしております。

そしてこちらの本を手にとっていただきました皆様にも、心から感謝を。じんわり、幸せな気持ちになっていただければ幸いです。
どうかまた、次の本でお目にかかれますように――。

5月　枝豆・そら豆・えんどう豆っ。幸せ……。
(キャー！　えんどうご飯を仕込んだ炊飯器の蓋が途中で開いているっ！　なぜっ!?
……ご飯が半生……豆も半生……しくしくしく)

水壬楓子

PV

携帯の着信に気づいたのは、少し長めのシーンを撮り終わり、十五分ほどの休憩に入った時だった。ロケで出向いた喫茶店の撮影で、カメラに映らない隅の方で俳優陣がたまって店の厚意で出してもらったコーヒーを前に、野田《のだ》が持ってきたハンドメイドの革カバンが話のネタになっていた。

「いいなぁ…、それ。ダレスバッグですよね。脚本《ホン》も入るし、ちょうどいいサイズで。色も渋いし」

同じ事務所の若い役者が目をとめて、身を乗り出して眺めてくる。

「もう十年近く使っているからね。劇団に入った時から」

麻《あさ》のジャケットと一緒にソファの隅においていたカバンに手を伸ばし、野田はそれをテーブルに上げて見せてやった。

「こういうの、ダレスバッグっていうんだ」

ふぅん…、と横から若い女優がのぞきこんでくる。

「あまり女の子が使うタイプじゃないかな」

「革はやっぱり長く使うほど色合いがいいですよねぇ…」

表面を指先で撫《な》でながら、ほー、と感心したように後輩がうなる。

「かっこいいな。自分のキャリアと同い年のカバンてことですよね」

「すごーい。大事に使ってるんですねー。……もしかして、プレゼントですか？　昔のカノジョからとか？」

女の子らしい遠慮のなさで興味津々《しんしん》に聞かれて、野田は苦笑した。

「もらいものだけど、同級生の男の友達からだよ。この世界に入った時、記念に、っていうか、……まあ、景気づけのお祝いというかね」

警察庁のキャリアだった野田の思いきった転職に、それまでの書類カバンではなく、これを使えよ、ともらったものだ。なかなか重宝《ちょうほう》している。

じっくりと見たそうな後輩の様子に、野田は金具を外してカバンの口を広げた。

――と、奥の方でチカッ…、と緑色の点滅が目についたのだ。撮影中なので音をオフにしていたため、不在着信になっていた。

交友関係は広かったが、メールや電話のやりとりが頻繁《ひんぱん》なほど親しい友人は少なく、家族ともほとんど没交渉《ぼっこうしょう》なので、携帯に着信があるのはめずらしい。

あるとすれば事務所からの連絡か、あるいは――。

野田は手を入れて、携帯をとり出す。ちらっと窓を確認して、わずかに息をつめた。

木佐《きさ》からだ。

「ちょっと失礼」

「あ、中見ていいですかーっ？」

カバンをおいたまま携帯を握って席を立った野田に、後輩が声を上げる。

「いいよ。進吾《しんご》くんのカバンみたいにアヤシイものは入ってないから」

きゃははは、と女の子の弾《はじ》けた笑い声を聞きながら、野田は外へ出て今は人のいないロケバスへ入りこんだ。

表示された不在着信の番号からかけ直す。コール三回ほどで相手が出た。

「電話をいただいていたようですが」

むこうもわかっているのだろう。ああ…、とだけ答えたのに、野田はなんとか落ち着いて口を開く。

木佐から連絡をくれることはあまりなく、ちょっとドキドキした。

この男と関係ができて、もう七年だ。だが、いつまでたってもその気配を感じると緊張してしまうのに、自分でもおかしくなる。

「めずらしいですね。何か？」

特別な用があるということなのだろう。おそらくは結構、無茶な。

『おまえ今、何やってる？』

相変わらずぶっきらぼうな問いが返る。

「ロケ中ですよ」

『まさか地方じゃねぇだろうな』

「都内です。地方の時はいつも伝えて行くでしょう？」

不機嫌に尋ねられ、野田は嘆息《たんそく》した。

地方のロケは毎回、帰りの予定も伝えているし、土産《みやげ》のリクエストも聞いてから出かけている。が、木佐の耳からは抜けているらしい。

『ああ…』

そういえば、という調子で木佐がうなった。それでも買っていった土産は覚えているのだろうか。

お気に入りの酒の肴《さかな》くらいなら。

『何時に上がる？』

「そうですね。残り、あとの三カットですが」

『そのあとは？』

「雑誌の取材が一本。撮影の進行次第ですが。……何か急用ですか？」

矢継《やつ》ぎ早《ばや》に聞かれ、野田は怪訝《けげん》に尋ねた。

『一秒を争う急用だな。――おまえが抱きたい』

端的《たんてき》に言われて、野田は一瞬、口ごもった。さすがにとまどう。

「……それはうれしいですが……、今、ですか？」

『今すぐだ』

「今どちらにいらっしゃるんですか？」

『タクシーの中。家に帰るところだ』

野田は思わずため息をついた。運転手には丸聞こえだろう。

と、その時、顔馴染《かおなじ》みのスタイリストの姿が窓のむこうに見え、コンコン、とノックされる。

「すみません。少し待っていただけますか」

そう断って携帯を膝《ひざ》に伏せ、野田は窓を開いた。

「そろそろ再開します、って」

何かのついでで声をかけてくるように頼まれたようだ。

「すぐ行きます。——あ、金井《かない》さん、これ、買い取りできますか？」

野田は今自分の身につけているスーツを指して尋ねた。すると、パッと彼女の顔がうれしそうにほころぶ。

「ええ…、いいですよ。光栄です。もう使いませんでしたっけ？」

「今日で最後ですから」

このロケはドラマのゲストとしての出演だったが、本当は別の俳優がやる予定のものだった。

しかし少し前に事件に巻きこまれ、それはかなり大きなスキャンダルとなって決まっていた予定は瀬野千波《せのちなみ》——という、野田が今、公開中の映画で共演した役者だ。

すべて白紙になったらしい。しばらくはワイドショーも連日そのニュースばかりだったが、ようやく少し、落ち着いてきたところだった。

野田は知り合いのプロデューサーに連絡をまわし、主演の連ドラの撮影を縫うようにして、できる限りフォローしていた。

だが実際、役者生命に関わるセックス・スキャンダルで、千波の負った傷は大きい。心も、身体も。

そしてイメージやキャリアにも。復帰できるかどうかは微妙だった。

いや、それ以前に千波自身にその気力があるかどうか——。

ほんの数日前、目にした千波の様子を思い出して、野田は無意識に唇を噛みしめる。

今はそっとしておくしかないのだろうが。

彼女が行ってから、野田は再び携帯を耳にあてた。

「マネージャーに連絡してみます。折り返してかまいませんか？」

『急げよ』

短く答えて、プツッと切れる。

野田はそのままマネージャーに電話をし、取材の調整をしてもらうと再び木佐にコールした。

「この撮影が上がったら、直接そちらに行きます」

『NG出してんじゃねぇぞ』

「私は気をつけられますが」

野田は苦笑した。

もともと野田はあまりNGを出す方ではないが、共演者については保証できない。

急いで現場にもどり、撮影が再開した。幸《さいわ》い、リハーサル、本番と順調に進み、NGは進吾の一度だけでなんとかクリアする。

ここでのロケはそれで終わりで、野田は監督に挨拶《あいさつ》をし、素早くカバンとジャケットをとると、お先に失礼します、とスタッフと共演者に声をかける。

お疲れさまでしたー！　と鼓膜《こまく》に響くような元気のいい声があちこちから飛んでくる中、あれ？と進吾が声を上げた。

「野田さん、一緒に帰るんじゃないんですか？　車、むこうにおきっぱなしでしょ？」

「えーっ。野田さん、今日で最後なんですよね？　このあと、ご飯くらい行きたかったのに」

若い女優も残念そうな声を上げる。

「予定が入ったから。悪いね」

また、と軽く頭を下げて、喫茶店の扉を開けようとした野田だったが、あ、と気がついたように、横にいたＡＤに止められた。

「裏から出た方がいいかもしれませんよ。なんか雑誌のカメラマンみたいなのを見かけましたから」

「ああ…。ありがとう」

千波の事件でコメントをとりたいらしく、野田もしばらくレポーターに追いかけまわされていたが、まだちょろちょろしているようだ。

忠告通り裏の勝手口から出してもらい、野田はタクシーを拾って木佐の家まで直行した。

ドアフォンを鳴らすと、返事もないままにロックが外され、野田は勝手に中へ入る。そしてまっすぐにリビングに進むと、木佐がソファにふんぞり返っていた。

「どうかしたんですか?」

むかいのソファにカバンとジャケットをおきながら、野田が尋ねる。

確かにいつも、思いつきのようにいきなり何かを始める男だったが…、それにしても理由はあるだろう。

――誰かを抱きたい、と思った時、自分の顔が真っ先にこの男の頭に浮かんだのだとしたら、それはうれしいことだったが。

と、ソファの横にカメラ機材がひとそろい、放り出されているのにわずかに首をかしげた。

――どこかへ撮影に行っていたのだろうか……?

次の映画の構想があれば、ロケハンなのかもしれない。

「ちょっとな。……いずれわかるだろ」

しかし木佐はあっさりと言って、指で野田を近くへ呼びつける。

「服を脱げ」

そして目の前に立った野田に命じた。

「……ここでするんですか？」

「そうだ」

別にリビングでするのは初めてではないが、……しかし。普通はやはり、会話の流れとか、状況とかがあってのことだ。

まあ、今日は初めから「抱きたい」と呼ばれたのだから、駆け引きやムードは必要ないのかもしれない。

「嫌か？」

「かまいませんが……」

この男に望まれるのなら、どこで、どんな姿をさらしてもかまわないけれど。

「余裕がないんですか？　それともシチュエーションが必要なんですか？」

「余裕がねぇんだよ」

ちょっと微笑んで穏やかに尋ねた野田に、いくぶん憮然《ぶぜん》としたように木佐が吐き捨てる。そして視線だけでうながされ、野田は男の前で一枚ずつ、服を脱いでいった。

が、ベルトを外したところで、いきなり腕をとられ、強引にソファへ引きずり倒される。

「あっ……、ん…っ…」

強い力で顎《あご》が固定され、唇がふさがれた。熱い舌がねじこまれ、口の中を蹂躙《じゅうりん》していく。

男の手がシャツの襟《えり》にかかり、そのまま引きちぎるように一気に前をはだけさせた。

イタリア製らしいボタンダウンのシャツだったが、買いとっておいてよかったな…、と頭の隅でホッとする。

「監督…っ」

ざらりとした男の手が胸を這《は》い、敏感にとがった小さな芽が指先できつく押しつぶされて、野田は小さく声を上げる。

「今日は飢えてんだよ…。あんなもん、見せられたらな」

ざらりと固いヒゲの感触が首筋をこすり、身体の奥を走った覚えのある痺れにぶるっと身震いした。

——あんなもん……？

熱く、かすれた声が耳元に落ちて、野田は濁りかけた頭の中で反芻《はんすう》する。が、すぐに襲ってきた波に意識が飲まれていく。

野田は腕を持ち上げて、無意識に男の背中にしがみついた。

「あとでベッドでもするけどな」

舌先でちろり、と喉を、耳の中をなめ上げられ、野田は大きく身体をのけぞらせる。

「それ…は……」

明日の撮影の体力が心配だった――。

この日の木佐は確かにしつこくて――、だがいつもより少し、優しかったような気がした。いつもが乱暴だ、ということではないのだが、……確かに余裕がなかったのかもしれない。ただ、そのわりにはがっつくような勢いではなかった。

その代わり、ゆっくりと丹念《たんねん》に……時間をかけて愛された。何度も。

何があったのか問いただすことはしなかったが、ああ…、とそれがわかったのはひと月ほどあとのことだ。

「チャコール・メローイング」というバンドがデビューシングルとして出した「ラブシーン」というCDの、初回限定版についていた特典DVD。

当初、特別なタイアップもなかったこの曲は、しかしテレビでスポットCMがオンエアされるとあっという間にメディアにとりあげられ、そのPVはくり返し電波に乗り、ショップでも流された。

ラブシーン――そのモチーフでいくつものイメージが重ねられ、つむがれて、そしてラスト。

千波と、その恋人である依光《よりみつ》とのふたりのシーン。

透明感のある、ただ純粋に美しい映像だった。瞬《まばた》きもできないほどに。メロディとともに身体の中に沁みこんでくる。

クレジットに役者の名前は載せていなかったが、もちろん、見た人間に二人の顔はわかる。そしてそれは、ものすごい反響を巻き起こした。

千波を襲ったスキャンダルに対する、言葉以上の、二人の答えだった。

すごい勇気だ…、と思う。千波も、そして依光も。

卑劣《ひれつ》で、口さがない世間に対して、まっすぐに挑んでいる。

それを撮った監督の名も公表されてはいなかったが、野田にはすぐにわかった。

木佐らしさ、というか、木佐に特有のシャープな部分は影を潜《ひそ》め、全体にやわらかな——そして切ないトーンだったけれど。それでもテンポ…、リズムというのか。アングルや構成。

そして、あの時か…、とようやく気づいた。

あの日、この撮影をしたのだろう。依光が、自分たちの「ラブシーン」を誰でもいい相手に撮らせるはずはない。自分はともかく、千波を。

「きれいですね…、千波くん」

気づいた時にはすでにCDの初回分は完売しており、野田は木佐に直接もらってようやく全編を通して見ることができた。何度もリピートして見ながら、つぶやくような言葉がこぼれる。

使われているのはほんの十数秒だったが、カメラをまわしていたのは、……まあ、最初から最後まで、のはずだ。

目の前で見ていたら、確かに余裕はなかったかもしれない。

幸せな……本当に幸せなこの二人のラブシーンを見て、自分を抱きたいと思ってくれたのなら……

うれしいと思う。

「おまえの方が色っぽい」

木佐が、膝の上に顔を伏せていた野田の髪を指先で撫でながらあっさりと言った。

「それは惚《ほ》れた欲目だとうれしいのですが」

野田は唇だけでかすかに笑う。

「依光は……俺よりできた男だよ」

そして、木佐がため息をつくように言った。

自分の息子をこんなふうに口にして褒《ほ》めるのは初めてで、野田はそっと顔を上げる。

わずかに目をすがめるようにして映像を見ながらポツリとつぶやいた言葉に、思わず息を飲んだ。

ギュッと、握りつぶされるように胸がつまる。

「俺なら殺してたな…」

「おまえじゃなくてよかったと思ったよ」

その、身勝手さ。残酷さ。——だがその言葉が、うれしかった。

うれしいと思うことが、つらかった。この先、あの二人が負っていくものを考えると胸がつまる。

男の眼差しがじっと、野田を見下ろしてくる。指先を髪にからめたまま。

野田は身を起こし、手のひらで男の胸をたどる。頬を撫で、確かめるようにゆっくりと唇を重ねた。

舌がからみ合い、味わってから、そっと離す。濡れた吐息《といき》が唇に触れる。

もう一度キスをして、男の肩口に深く顔を埋める。

強く背中が抱きしめられた。
悲しくて――うれしくて。

「ラブシーン」がくり返し背中で流れていた……。

end.

LYNX ROMANCE

ラブシーン

水壬楓子

illust. 水名瀬雅良

898円
（本体価格855円）

人気俳優・瀬野千波と、時代劇役者の片山依光は同居人兼セックスフレンド。二人の関係は、つきあっていた男に千波が手酷く捨てられた6年前から続いている。甘やかしてくれる依光を本当の恋人のように思えることもあるが、失恋の傷は深く、千波は本気の恋を恐れていた。そんな折、千波に映画出演の話が舞いこむ。好きな監督の作品だったので喜んで出演を決めた千波だが、千波を捨てた男・谷脇も出演が決まっていて――!?

LYNX ROMANCE

ファイナルカット

水壬楓子

illust. 水名瀬雅良

898円
（本体価格855円）

硬質な美貌と洗練された物腰から「クールノーブル」の異名を持つ俳優の野田司は、鬼才と謳われる映画監督・木佐と身体の関係にある。始まりは6年前、木佐の作品に野田が抜擢されたのがきっかけだった。木佐の才能に心酔し、いつしか心までも奪われていた野田。望むのは、いつか来るだろう木佐との別れが少しでも先であってほしいだけ…。恋人ではなく、奔放な木佐のきまぐれで抱かれることに満足していたはずだったが――。

LYNX ROMANCE

エスコート

水壬楓子

illust. 佐々木久美子

898円
（本体価格855円）

「こんな男のガードにつくのか?」時間に遅れて現れた依頼人に、ユカリは息を飲んだ。人材派遣会社『エスコート』のボディガードセクションに所属するユカリは、クリスマス・イブに莫大な遺産を継ぐ志岐由柾という男の護衛に任命された。初めての大きな仕事に気合十分なユカリだったが、ユカリを子供扱いする、ぞんざいで非協力的な態度の志岐に不安と反感を抱く。遺産相続日までの二週間、二人は生活をともにするのだが――!?

LYNX ROMANCE

ディール

水壬楓子

illust. 佐々木久美子

898円
（本体価格855円）

人材派遣会社『エスコート』で秘書を務める19歳の律は、ボディガード部門のトップ・ガードである延清と暮らしている。しかし、数えきれないほど抱かれていても、延清は「恋人」ではなく、「飼い主」だった。出会いは9ヵ月前。公園の片隅、見知らぬ男たちに襲われていた律を、身体を取引材料として延清が気まぐれに助けた日から、二人の関係は始まり――。
『エスコート』シリーズ第二弾!!

LYNX ROMANCE　LYNX ROMANCE　LYNX ROMANCE　LYNX R

LYNX ROMANCE

ミスティク

水壬楓子　illust. 佐々木久美子

898円
（本体価格855円）

人材派遣会社『エスコート』のボディガード部門に所属する真城は、派遣先でかつての後輩・清家と再会し、その美貌を歪ませる。5年前——SPだった真城は、恋人だった上司の男から突然「結婚」という裏切りを受け、当てつけに清家を誘った。しかし、ひたむきな清家の想いを利用したことが心苦しく、清家の前から姿を消したのだ。再会の夜、清家の冷たい眼差しに胸を痛める真城に、清家はむさぼるようなキスを仕掛けてきて…。

LYNX ROMANCE

フィフス

水壬楓子　illust. 佐々木久美子

898円
（本体価格855円）

人材派遣会社『エスコート』のオーナーである榎本のもとに、新しい依頼人から電話が入る。相手は衆議院議員の門真巽。彼はボディガードを依頼し、さらにそのガードを同行させるプライベートな旅行に榎本を誘う。実は榎本と門真は、十七年前、榎本が中学生の時にある取引をし、月に一度、身体を重ねる関係だった。旅行に誘われたのは初めてで、二人の関係の微妙な変化にとまどいを覚えながらも、榎本は門真の誘いを受けるが…。

LYNX ROMANCE

クラッシュ

水壬楓子　illust. 佐々木久美子

898円
（本体価格855円）

悪夢は土曜の夜に始まった——。警視庁勤務の夏目高臣は、仕事も恋愛も思いのままのキャリア官僚。週末に出向いたクラブで出会った、好みの青年・侑生と一夜を共にする。——が、抱くつもりだった思惑とは逆に、武道に長けた侑生に力ずくで押さえこまれ、抱かれてしまう。強引に「初体験」をさせられ、屈辱と怒りに歯がみする夏目。その上、侑生がまだ高校生と知らされた挙げ句、脅されてマンションに住み着かれ…!?

LYNX ROMANCE

リミット

水壬楓子　illust. 佐々木久美子

898円
（本体価格855円）

人材派遣会社『エスコート』のボディガード部門に付随する調査部所属の柏木由惟は、二年前まで優秀なガードだった。だが、ある任務で相棒の名瀬良太郎を銃弾からかばい、足の自由を失ってしまう。以来、良太郎は献身的に由惟に尽くし、いつしか世話の一環とばかりに由惟を抱くようになる。ずっと良太郎に想いを寄せていた由惟は悦びを感じるほどに後ろめたさが募り、良太郎を自分から解放してやろうと別れを決意しているが…。

この本を読んでの
ご意見・ご感想を
お寄せ下さい。

〒151-0051
東京都渋谷区千駄ヶ谷4-9-7
(株)幻冬舎コミックス　小説リンクス編集部
「水壬楓子《みなみふうこ》先生」係／「水名瀬雅良《みなせまさら》先生」係

リンクス ロマンス

クランクイン

2007年5月31日　第1刷発行

著者…………水壬楓子《みなみふうこ》
発行人…………伊藤嘉彦
発行元…………株式会社　幻冬舎コミックス
〒151-0051　東京都渋谷区千駄ヶ谷4-9-7
TEL 03-5411-6431（編集）
発売元…………株式会社　幻冬舎
〒151-0051　東京都渋谷区千駄ヶ谷4-9-7
TEL 03-5411-6222（営業）
振替00120-8-767643
印刷・製本所…図書印刷株式会社
検印廃止

ISBN978-4-344-81000-6　C0293
Printed in Japan

幻冬舎コミックスホームページ　http://www.gentosha-comics.net